선녀는
참   지
않았다

선녀는 참지 않았다

고정관념·차별·혐오 없이
다시 쓴 페미니즘 전래동화

구오 지음

위즈덤하우스

일러두기

• 각각의 이야기는 '원전 요약–다시 쓴 이야기 – 글쓴이의 말' 순서대로 실려 있습니다.
• 구어체로 썼기에 전래동화처럼 누군가에게 직접 말로 들려주실 수 있습니다.

마음 놓고 권할 수 있는 동화책

내가 어렸을 때 읽었던 책 중에서 지금도 나를 억압하는 동화가 있다. 그때는 조금 무서운 정도였는데, 이후 그 의미를 알고 난 뒤 나의 일상을 지배하는 텍스트가 되었다. 책의 내용은 어떤 공주가 벌을 받았는데 그 벌이 말하기와 관련된 것이었다. 그녀가 입을 열기만 하면 오물, 지네, 뱀 등 온갖 징그럽고 더러운 것들이 쏟아져서, 그녀는 자기혐오로 침묵하게 된다. 이 책은 참지 않고 말하는 여성에 대한 강력한 경고의 메시지를 주었다. 여성의 언어와 지성에 대한 탐구를 통제한 성공적인 사례가 아닐 수 없다.

대개 부모들은 자녀에게 좋은 동화책을 많이 읽혀야 한다는 강박이 있다. 내 생각은 조금 다른데, 많이 읽는 것도 좋지만 어떤 책을 읽고 달리 해석하는 방식을 배우는 것이 더 중요하다고 본다. 사실, 동화(童話)는 단어의 어감과 달리 공포와 단죄에 관한 이야기가 대부분이다. 권선징악의 결말이 교훈을 주는 것 같지만, 문제는 누구의 입장에서 권선징악이고 사필귀정이냐는 것이다. 동화처럼 당파적인 서사도 없을 것이다.

어느 시대나 지배 세력이 가장 두려워하는 현상은 피지배 세력이 자기 위치와 구조의 부당함을 깨닫고 이전처럼 살기를 거부하는 것이다. 흑인이 노예 노동을 거부하고 여성이 희생과 자기 비하에서 벗어난다면, 우리가 더 이상 서구 사회에 콤플렉스를 느끼지 않는다면, 세상은 보다 살 만한 곳이 될 것이다. 그래서 동화는 미래 세대인 어린이를 훈육, 세뇌하는 가장 효과적인 이데올로기이다. 동화에 대한 개입, 재해석이 중요한 사회적 과제인 이유다. 동화도 다른 담론처럼 치열한 정치적 경합의 장이다.

흥미로운 현상은 이 책, 《선녀는 참지 않는다》에 등장하는 열편의 이야기처럼 한국의 전래동화에는 주로 '불쌍한' 남성이 등장한다는 점이다. 서양의 동화는 '백마 탄 왕자'처럼 용기와 책임감, 여성을 보호할 수 있는 자원을 가진 규범적 남성성(물론, 실제는 아니다)이 주인공인 경우가 많다. 반면 한국 여성은 남성을 구하고, 보호하고, 위로해주어야 한다. 이것이 바로 '가부장이 없는 가부장제 사회'다. 즉 남성이 성역할을 못함으로써 여성은 이중 노동을 하고, 그러면서도 남성의 자존심이 상하지 않도록 감정 노동을 해야 하는 '식민지 남성성 사회'이다. 남성이 남성의 역할을 제대로 못하는 사회에서 여성은 더욱 고통스럽다. 소위 '페미니즘의 대중화' 이후 수많은 여성주의 책들 속에서 《선녀는 참지 않았다》가 특별한 의미를 가지는 이유다.

남성 사회를 구성하는 기본 원리를 이해하고 새로운 상상력

(콘텐츠)을 갖기 위해서는, 여성주의의 시각 혹은 다른 사회적 약자의 입장에서 다시 쓰기(RE-WRITING), 다시 생각하기(RE-THINKING)가 중요하다. 여성주의는 남성의 주장이 틀렸다는 사유가 아니다. 지금까지와는 다른, 새로운 세계가 가능하다는 이야기이다. 이는 반드시 성별에만 국한되지 않는다. 장애인과 동성애자, 유색인종의 관점에서 재해석되는 경우도 많다. 백설공주가 왕자와 결혼했다가 가정폭력으로 이혼하고, '일곱 난쟁이' 중 한 명과 다시 사랑에 빠진다든가, '흑설공주' 같은 작품이 그것이다.

태초의 말씀이 있었다? 천만의 말씀이다. 태초에 목소리들이 있었다. 태초에 관계가 있었다. 모든 말은 관계의 산물이기 때문이다. 사실, 모든 쓰기는 곧 다시 쓰기다. '전래(傳來)'는 이미 많은 사람들의 생각이 보태졌다는 이야기이고, 우리가 알고 있는 성경은 코란을 비롯한 수많은 외전(外典) 중 하나일 뿐이다. 원전은 없다.

하느님이 남성은 흙으로 직접 빚으셨고, 여성은 남성의 일부(갈비뼈)로 만드셨다? 기존 사회가 이런 이야기로 무장(?)하고 있을 때, 우리 여성들은 '흥분'할 필요가 없다. 여성에게는 창의력을 키울 수 있는 자원이 된다. "아, 그렇군요. 그렇다면, 남성은 토기이고 여성은 본 차이나(BONE CHINA)네요, 그런데 좀 걱정이 되네요. 토기는 잘 깨지지 않나요?" 혹은 "아, 그런가요? 그간 갈비뼈로 여자를 만드시느라 고생 많으셨어요, 이제는 안 만드셔도 돼요." 이것은 우문현답을 넘어 목소리의 다성성(多聲性), 인류의 조화로운 합창이다.

《선녀는 참지 않았다》에 등장하는 '원래' 이야기들은 여성에 대한 학대와 신체 훼손, 가혹한 노동으로 가득 차 있어서 분노하기보다 가슴이 아플 정도다. 이에 반해 저자들이 다시 쓴 새로운 이야기들은 일단 '문학적 성취'가 돋보인다. 이야 기의 개연성과 구체성, 현실성으로 인해 더욱 호소력을 갖고 있다. 여성의 경험과 정의감이 바탕이 되었기 때문이다.

동화 다시 쓰기는 글쓰기의 기본인 작자의 위치성(포지션) 과 상상력이 가장 잘 드러나는 영역이다. 여성주의 책이기도 하지만 글쓰기 교재로 더욱 추천하고 싶다. 그런 의미에서 이 책은 남자 어린이를 포함한 모든 이들에게 글쓰기 모델이 될 것이다. 왜 인류의 위대한 지적 유산인 여성주의의 세례를 여 자 어린이만 '독점'해야 하는가. 우리 모두가 여성주의의 혜 택을 받을 권리가 있다!

- 정희진(여성학자 · 《페미니즘의 도전》, 《정희진처럼 읽기》 저자)

우리는 올바른 변화를 위한 갈림길에 서 있다

전래동화나 전통 설화를 읽으면서 다들 한 번쯤은 가져보았던 의문들이 있을 것이다.

선녀를 아내로 삼은 나무꾼은 범죄자가 아닌가?
왜 계모는 항상 못됐는가?
왜 딸들은 남성 영웅의 포상이 되는가?

우리는 유년 시절부터 끊임없이 전래동화를 접하고 자라면서 그 주제와 내용으로부터 무의식적으로 영향을 받는다. 어린 시절 경험한 전래동화에 대한 기억은 하나의 문화적 원형을 이루어 성인이 된 이후에도 우리의 사고 깊은 곳에 자리할 가능성이 크다.

그럼에도 불구하고 《콩쥐팥쥐전》, 《선녀와 나무꾼》, 《우렁각시》,《장화홍련전》등과 같은 전래동화의 성차별적 요소에 대해서는 충분히 고찰한 바 없다. 뿌리 깊은 가부장제와 성차별적 이데올로기에 기반을 둔 대다수의 한국 전래동화는 이를 접하는 개인들이 왜곡된 인식을 스스로 재생산하도록 기여하고 있다.

오랜 기간 동안 우리 사회를 갉아먹어 왔던 성차별 문제가 본격적으로 가시화되기 시작하면서 현재 한국 사회는 올바른 방향을 향한 변화의 갈림길에 서 있다. 이 가운데 앞으로 우리가 어떤 사고와 가치관을 가지고 새로운 사회를 이끌어 나갈 것인가는 전 사회의 구성원이 끊임없이 함께 고려하고 고민해나가야 할 문제이다.

차별과 편견에 기반을 둔 의식 구조를 조금씩 변화시켜 나가기 위한 시도로써, 우리는 성차별주의에서 벗어난 새로운 시각에서 한국의 전래동화를 재해석·재창조해보고자 한다. 앞으로 이 사회에서 자라나게 될 아이들과, 이미 이 사회의 의식 구조를 답습했지만 변화를 기다리는 사람들을 위하여 페미니즘적 시각을 경험할 수 있는 문화콘텐츠를 만들었다. 이를 통해 기존 사회로부터의 변화가 왜 필요한지 스스로 고민해보는 기회가 되었으면 한다.

차례

첫 번째 이 야 기

서동과
선화 공주

거짓 소문을 물리친
세 자매의 지혜

《서동과 선화공주》 줄거리

백제 제30대 무왕은 어릴 적에 마를 캐서 팔아 생계를 유지했으므로 사
람들은 그를 서동(薯童)이라 불렀다. 그는 신라 진평왕의 셋째 공주 선화
가 아름답다는 말을 듣고, 신라로 가서 동네 아이들에게 마를 먹이니, 아
이들은 그를 따르게 되었다. 이에 그는 "선화공주님은 남몰래 정을 통하
고 서동을 몰래 밤에 안고 간다"라는 동요를 지어 여러 아이들에게 부르
게 했다. 이 동요가 온 나라에 퍼져서 대궐에까지 들리니, 신하들이 임금
에게 간하여 공주를 먼 곳으로 귀양 보낸다. 공주가 장차 귀양 터에 이르
려 하는데, 서동이 도중에 나와 절을 하며 모시고 가겠다고 한다. 공주는
비록 그가 어디서 왔는지 알지 못했으나 믿고 좋아하였고 서동과 관계를
맺는다. 그 후에야 공주는 서동의 이름을 알게 되었으며 동요대로 이루
어졌음을 알아차린다. 둘은 함께 백제로 떠나고, 서동은 후에 인심을 얻
어 왕의 자리에 오른다.

꽃

신라 제26대 진평왕에게는 어질고 지혜롭기로 이름난 세 명의 딸이 있었어. 그중 셋째 공주 선화는 모두가 흠모할 만한 덕을 지닌 인물이었지. 그러던 어느 날 선화공주에 대한 이상한 소문이 신라 거리 곳곳에 퍼지기 시작했어. 길거리에서 아이들은 마를 물고 씹으며 노래 불렀지.

"선화공주님은~ 남몰래 정을 통하고 서동을 몰래 밤에 안고 간다~."

이 노래는 흘러흘러 왕실까지 퍼졌고, 그 소문을 들은 왕은 노발대발하여 선화공주를 불러 꾸짖었어.

"내 딸 선화야, 네 행실이 어떠하였길래 저잣거리에서 너에 관한 괴상한 소문이 떠돈단 말이냐!"

그러자 선화공주가 왕의 눈을 똑바로 보며 답했지.

"왕이시여, 당사자인 제게는 묻지 아니하고 떠도는 소문만 듣고서 저를 꾸짖으려 하심이 어찌 합당하단 말입니까?"

이를 듣고 있던 첫째 공주 천명이 왕에게 물었지.

"하물며 선화가 제 뜻대로 연인을 안고 간다 한들 그것이 어찌 질책받을 일이겠습니까? 대체 이 아이가 무엇이 부끄러

위 보는 눈을 피하여 제 서방을 만나겠사옵니까?"

둘째 공주 덕만도 말했어.

"그뿐이겠습니까. 존경받아 마땅할 왕께서는 헛소문을 퍼뜨린 자를 잡아 심문해야 할 것이지, 행여나 왕의 딸이 당신 이름에 먹칠을 할까 두려워하고 있는 것입니까? 보아야 할 것을 보지 못하고 마땅히 바로잡아야 할 것을 바로잡지 못하시니 그 책임을 누구에게 돌리신다 한들 떠도는 괴상한 소문은 신라에서 사라지지 않을 것이옵니다."

그제야 왕은 자신의 행동을 부끄럽게 여기며 크게 뉘우쳤어. 이제 왕은 소문을 바로잡으려 지혜로운 세 딸에게 방법을 물었지.

기개가 뛰어난 둘째 공주 덕만이 먼저 거리에 나가 무성한 소문의 행적을 찾아 물었어. 그러다 이웃 나라 백제에서 온 낯선 사내가 길거리에서 아이들에게 마를 나눠주며 선화공주에 대한 노래를 부르게 했다는 것을 알게 됐지.

이를 듣고 선화는 한 가지 꾀를 내었으니, 그것은 바로 마를 사고파는 것을 금지하는 일이었어. 선화공주는 백성들에게 일러 전하기를, 공주에 대한 괴상한 소문을 퍼뜨린 작자가 아이들을 마로 꾀어내어 소문을 퍼뜨렸으니 더 이상 마를 악용하지 못하게 하겠다고 선포했어. 그러자 마를 팔아 생계를 연명하던 선량한 장사꾼들이 노하여 괴소문을 퍼뜨린 자를 직접 찾아 나서니, 곧이어 서동이란 사내가 선화공주 앞에 잡혀 오게 되었지.

이웃 나라 백제에서 마를 팔며 목숨을 연명하던 서동은 선화공주를 칭송하는 소문을 듣고 그를 흠모하여 신라까지 찾아와 헛소문을 퍼뜨렸다고 하였지. 선화는 분노하여 서동이 다시는 입을 함부로 놀리지 못하도록 참형에 처하고 싶었지만, 사리를 따져 살려두는 대신 그를 본보기 삼기로 결정했어.

선화공주가 왕을 찾아가 고했지.

"왕이시여, 서동이란 자는 머리에 추악한 욕정이 가득 차 있으며 입을 잘못 놀려 거짓된 소문을 퍼뜨렸습니다. 그리하여 올바른 판단을 하지 못하고 쉽사리 믿어 휘둘리는 나약한 백성들의 귀를 어지럽혀 무고한 이를 만들었습니다. 전하께서는 저 자의 이마에 간사하다는 의미의 '奸(간)' 자를 새겨 정월까지 궁궐 앞 저잣거리에 묶어두시어 이를 본보기 삼아 다시는 신라 땅에 이처럼 기만하는 자가 나타나지 않도록 엄벌을 내려 주시옵소서."

왕은 그 간곡한 청에 따르기를 약속했어. 그러자 서동은

겁에 질려 머리를 조아리며 빌기를,

"공주마마, 저는 그저… 마마께서 너무도 아름다우셔서 흠모하는 마음에 그저 실수를 했을 뿐이옵니다. 부디 가엽게 여기시고 용서해주시옵소서…!"

하며 눈물을 흘렸어.

선화공주는 이에 붓을 들어 서동의 이마에 직접 '奸(간)' 자를 쓰며 서동을 꾸짖었지.

"어리석은 사내여, 그럼 이 모든 일이 내 탓이겠구나. 그래, 네 말대로라면 네놈은 아름답지 못한 자이니 마땅히 멸시받아도 되겠구나. 네가 아름답다고 느끼는 것을 모욕하고 함부로 대해도 된다고 누가 허락이라도 했단 말이냐? 네 부족한 식견을 불쌍히 여기려 했건만 그 부족함을 부끄러이 여길 줄 모르니 내 너를 결단코 가엽게 여기지 않겠다. 그 죄를 가볍게 여기지도 않을 게야. 제 몸 하나 자제하지 못하고 날뛰는 것은 금수보다도 못한 것 아니겠느냐? 내 너를 사람으로 보아 그에 마땅한 처사를 내려주기 어렵구나. 당장 너의 목을 치고 싶은 마음이 크지만 넓은 아량으로 네 어리석고 이기적이고 추한 생각을 두고두고 뉘우치도록 자비를 베풀어주마."

이후 온 백성이 서동의 만행을 기억하게 되었고, 서동은

이마에 지울 수 없는 글자를 불에 달군 인두로 새긴 후 백제로 쫓겨났어. 이 일이 있고 난 뒤 진평왕은 세 공주를 더욱 신뢰하게 되었지. 또 진평왕이 세상을 떠나고 난 뒤 공주들은 어질고 지혜로운 성품과 탁월한 능력을 발휘하여 신라를 평탄하게 이끌었단다.

첫째 공주 천명은 사람을 알아보고 관리하는 능력이 뛰어나 대왕의 기질을 가진 동생에게 왕위를 양보했어. 그 대신 인사를 담당하는 위화부를 맡아 신라의 인재를 올바르게 등용하는 데 힘썼지. 둘째 공주 덕만은 신라 제27대 선덕대왕이 되어 나라를 부국강병하게 이끌었어. 그리고 셋째 선화공주는 신라의 국사를 총괄하는 최고 관직인 상대등에 올라 선덕대왕과 함께 덕치로 나라를 다스렸지.

지혜로운 여인들이 다스리는 나라는 화평했고 서동은 그 땅에 다시는 발을 들여놓지 못했어.

'서동과 선화공주' 설화의 원전은 일연의 《삼국유사》에도 실려 있는 만큼 역사적 고증의 문제가 깊이 얽혀 있다. 그러나 이 책에서 우리가 새롭게 써 내려 간 이야기는 역사적 사실과는 관련 없음을 밝히며, 독자 여러분이 역사적 사료와 우리의 이야기 사이에서 혼동하는 일이 없길 바란다.

이미 너무 오랜 시간 동안 불합리하고, 차별에 물든 역사가 재생산되어 왔다. 이제는 우리가 그 고리를 끊고 새로운 역사를 그려야 할 때임을 직시하며, 변화의 바람을 담아 이 글을 써 내려 갔다. 더 나아가 이 책에 수록된 이야기의 원전이 역사적 사실과 무관하지 않은 만큼, 이 책을 통해 한국의 역사와 고전이 품고 있는 여성과 남성의 모습 및 사회상을 비판적으로 바라보는 계기가 되었으면 한다.

그 일례로 한자는 우리가 아주 오랜 역사에 걸쳐 사용하고 있는 글자이지만, 한자 중 여러 글자가 형성된 기원에서부터 여성 혐오적인 면모를 다분히 드러내는 것을 발견할 수 있다. 그 일례로 '간사할 간(奸)'은 뜻을 나타내는 '계집 녀(女)'와 음을 나타내는 '방패 간(干)'이 합쳐져 생성된 한자인데, 여자를 의미하는

'계집 녀(女)'가 곧 '간음하다', '간통하다', '간악하다'는 의미로 사용되고 있다는 점을 발견할 수 있다. 이에 본문에서는 '간사할 간(奸)' 자를 미러링(mirroring) 하여 아들 자(子)와 방패 간(干)을 합쳐 '玕'라고 표현해보았다.

물론 한자뿐 아니라 한자어를 포함한 한국어 전반에서 여성 혐오적인 단어와 표현은 비일비재하다. '여인', '여편네', '집사람', '아녀자', '여대생', '여배우', '여류작가', '처녀작', '여필종부', '부창부수', '암탉이 울면 집안이 망한다' 등등 일상적으로 사용되는 수많은 표현이 여성을 비하하거나 성역할을 고착시키도록 만든다. 뿐만 아니라 이러한 표현을 대체해서 쓸 다른 언어도 마땅히 존재하지 않는다. 실제로 전래동화를 다시 쓰는 과정에서 특정 대상을 비하하는 단어를 맞닥뜨렸을 때, 대체할 표현이 없어 고민했던 적이 많았다. 우리가 너무나도 당연하게 받아들이고 사용하고 있는 모든 것들이 과연 우리도 모르는 사이에 차별과 혐오를 양산하고 있지는 않은지 돌아볼 필요가 있다.

두 번 째 이 야 기

선녀와
나무꾼

선녀는
참지 않았다

《선녀와 나무꾼》 줄거리

나무꾼이 위기에 처한 사슴을 도와주자, 사슴이 그에 대한 보답으로 소원을 묻는다. 아내를 맞이하고 싶다는 나무꾼에게 사슴은 선녀의 옷을 숨기라고 일러준다. 나무꾼은 목욕하는 선녀의 날개옷을 훔치고, 울고 있는 선녀를 집으로 데려가 부부로 살며 두 아이를 낳는다. 하늘을 그리워하던 선녀는 날개옷을 돌려받고 양팔에 아이를 안은 채 하늘로 올라가 버린다. 나무꾼은 슬퍼하다가 하늘에서 내려온 동아줄을 잡고 올라가 선녀와 아이들을 다시 만난다. 그러나 이내 땅에 있는 어머니를 그리워하기 시작하여 천마를 타고 잠시 땅에 내려간다. 그러다 어머니가 준 팥죽을 받는 도중에 천마에서 떨어져 그대로 땅에 남게 된다. 매일 하늘을 바라보며 울던 나무꾼은 결국 수탉으로 변한다.

✳

옛날 어느 마을에 가난한 나무꾼이 살고 있었어. 하루는 나무꾼이 나무를 하는데, 풀숲에서 사슴이 뛰쳐나와 살려 달라고 애원했지. 사냥꾼이 자기를 쫓고 있으니 제발 숨겨 달라는 부탁이었어. 나무꾼은 사슴을 얼른 나뭇가지 더미 속에 숨겨주었어. 잠시 시간이 흐른 뒤, 우락부락한 사냥꾼이 나타나서는 도망치는 사슴을 못 보았냐고 물었어. 나무꾼은 저기 저쪽으로 꽁지가 빠지게 도망치더라고 둘러댔지.

사냥꾼이 저쪽으로 다급히 달려가자 사슴이 안도의 한숨을 쉬며 나뭇짐을 헤치고 나왔어. 그러고는 보답으로 소원 하나를 들어주겠다며 눈을 빛냈지. 나무꾼은 별다른 고민도 하지 않고 냉큼 고운 색시를 얻어 장가를 갔으면 좋겠다고 대답했어. 나무꾼은 늘 어여쁜 아내를 맞아들이고 싶어 했지만 산골 마을에서 변변한 능력도 없이 살아가는 나무꾼이 색시를 얻는 것은 쉬운 일이 아니었기 때문이지.

사슴은 자기 목숨을 살려준 나무꾼이 너무나 고마워서 나무꾼의 소원을 어떻게 들어줄 수 있을지 곰곰이 생각했어. 그러고 보니 오늘이 바로 선녀들의 목욕날이라는 사실이 떠올랐지. 매달 보름날 밤이면 고개 너머 폭포에 선녀들이 목욕하러 내려오는데, 그날이 마침 보름날이었던 거야.

사슴은 영악한 꾀를 내어 선녀들이 목욕하는 동안 벗어둔 날개옷 하나를 훔쳐다 숨겨놓으라고 나무꾼에게 당부했어. 날개옷을 잃어버린 선녀는 다시 하늘로 올라갈 수 없을 거라면서 말이야.

"갈 곳이 없어진 선녀를 데려가 아내로 삼으세요. 참, 아이 셋을 낳을 때까지는 날개옷을 절대 돌려주면 안 돼요. 아이가 둘이라면 오른팔에 한 명을, 왼팔에 나머지 한 명을 안고 하늘로 올라갈 수도 있으니까요. 하지만 셋이라면 선녀 혼자서는 아이들을 데리고 갈 수 없을 거예요."

그날 밤, 나무꾼은 폭포로 향했어. 폭포에는 사슴의 말대로 선녀들이 목욕하고 있었지. 나무꾼은 일단 폭포에서 멀찍이 떨어져서는 목욕하는 선녀들을 훔쳐보기 시작했어. 어떤 선녀가 제일 예쁜지, 누가 제일 아름다운 몸매를 가졌는지 가려내겠다며 탐욕스러운 눈으로 선녀들을 훑어보았지. 그런데 너무 멀리 떨어져 있어서인지 선녀들이 잘 보이지 않았어. 나무꾼은 풀숲에도 몸을 숨겨보고, 바위 뒤에도 웅크려보

면서 선녀들에게 점점 더 가까이 다가갔어.

살금살금 발을 옮기던 나무꾼은 별안간 화들짝 놀라며 몸을 숙였어. 선녀 한 명이 나무꾼 쪽으로 휙 고개를 돌렸기 때문이야. 당황한 나무꾼은 얼떨결에 곁에 있던 날개옷 하나를 낚아채 달아났어. 정신없이 숲속으로 달려간 나무꾼은 평소에 나무를 하다가 자주 앉아서 쉬던 바위 밑에 날개옷을 숨기고는 서둘러 다시 폭포로 향했지.

'지금쯤이면 옷이 없어진 걸 알고 큰일 났다며 울고 있겠지? 얼른 가서 내가 데려와야지. 어쩌면 나한테 도와달라고 할지도 몰라.'

선녀를 아내로 삼을 생각에 나무꾼의 입꼬리가 자꾸만 올라갔어. 그런데 폭포에 가까워져 가는데도 선녀들의 모습이 보이질 않는 거야. 인기척 없이 텅 비어 있는 폭포에 당황한 나무꾼이 이리저리 두리번거리던 찰나,

"잡아라!"

우렁찬 외침과 함께 나무 위에서 선녀들이 쏟아져 내려오기 시작한 거야. 선녀들은 순식간에 나무꾼을 에워싸고 나무줄기로 나무꾼의 몸을 결박했어.

"왜 이러시오! 사람 살려! 나한테 왜 이러는 것이오!"

"죄인은 입을 다물라!"

나무꾼이 시끄럽게 소리를 질러대며 저항하자 한 선녀가 앞에 나서더니 옥반지를 낀 주먹으로 나무꾼의 얼굴을 내리쳤어. 날개옷을 도둑맞고 머리끝까지 화가 난 서령선녀였지.

"감히 선녀의 옷을 훔치다니, 배짱이 두둑하구나. 우리가 목욕하는 동안 저쪽에서 얼쩡거리던 게 너였지? 내 옷을 어디에 숨겼는지 말하거라."

나무꾼은 선녀에게 얻어맞았다는 사실에 정신이 아득해졌어. 옷이 없어지면 가련하게 울면서 도움을 청할 것이라고 생각했는데, 눈앞의 선녀는 옷 없이도 너무나 위풍당당하게 자기를 내려다보고 있으니 나무꾼의 예상이 완전히 빗나간 거야. 나무꾼의 주위를 둘러싸고 있던 다른 선녀들 역시 서령만 두고 옷을 입을 수는 없다며 날개옷을 내팽개친 상태였으나, 그 누구도 자신의 몸을 부끄러워하는 이가 없었어.

선녀들이 얼른 날개옷을 내놓으라며 입을 모아 소리쳤지만, 어리석은 나무꾼은 치기 어린 자존심에 날개옷의 행방을 알려주고 싶지 않았어. 자신은 이래 봬도 매일매일 숲속에서 나무를 패던 강인한 남자이거늘, 여자인 선녀에게 얻어맞고 붙잡혀 있다는 사실에 어지간히도 속이 뒤틀렸지.

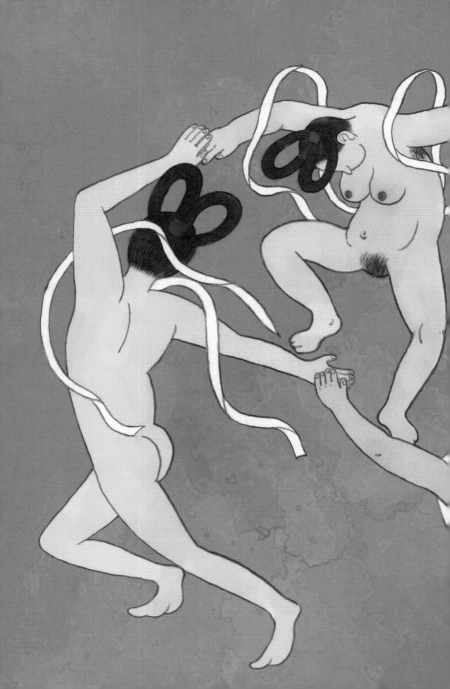

"내… 내가 훔쳤다는 증거 있소? 다짜고짜 생사람 잡아다
가 때리는 것이 대체 무슨 행패요! 더군다나 아무리 선녀라
지만 엄연한 여인들이 남자 앞에서 몸을 다 드러내놓고도 수
치를 모르다니! 자고로 여인은 몸가짐을…."

어처구니없는 나무꾼의 말이 채 끝나기도 전에 선녀들이
일제히 까르르 웃어댔어. 다른 선녀들과 함께 한참을 웃던 서
령선녀가 다시 입을 열었지.

"네가 옷을 훔쳤다는 증거는 바로 너의 손이다. 선녀의 날
개옷에는 금가루가 입혀져 있거늘, 몹쓸 짓은 저가 해놓고 감
히 여인의 몸가짐을 가르치려 드는 너의 손바닥이 금빛으로
번쩍번쩍 빛나는 걸 보아하니, 네가 내 옷에 손을 댄 것이 확
실하다."

'이런…!'

나무꾼은 망연자실하게 자기 손을 내려다보다 끝까지 억
지를 부려보기로 했어.

"그렇다고 내가 순순히 날개옷의 행방을 알려줄 것 같소?
나는 쉽게 소신을 꺾는 남자가 아니오!"

나무꾼의 객기에 서령은 그를 놀려주고 싶다는 생각이 들
었어.

"죄를 지은 주제에 알량한 자존심을 세우는구나. 가소롭군! 그렇다면 네가 제일 자신 있어 할 나무하기로 대결해보자꾸나. 네가 나를 이긴다면, 내 너에게 자비를 베풀어주마."

그리하여 서령과 나무꾼은 나무를 더 많이 베는 쪽이 이기는 힘겨루기 내기를 시작했어. 나무꾼은 내심 날개옷도 없는 선녀가 커다란 도끼로 나무를 패는 건 무리일 거라고 기대했지. 그는 수년간 나무를 해온 자신의 힘이 더 셀 것이라는 희망을 품고 있었지만, 그것은 선녀를 얕본 나무꾼의 헛된 희망이었어. 서령은 지치는 기색도 없이 계속해서 나무를 찍어 내렸지. 나무 하나, 둘, 셋, 넷…. 나무꾼은 나무 한 그루에도 숨이 차서 헉헉대는데, 서령은 전혀 지친 기색을 보이지 않았어.

나무꾼이 기력을 다 써서 거의 쓰러질 지경이 되어갈 즈음, 저 멀리서 누군가가 허겁지겁 달려오는 소리가 들려왔어. 불쑥 풀숲을 헤치며 모습을 드러낸 것은 바로 사슴이었지. 나무꾼에게 선녀의 옷을 훔치라고 알려주었던 사슴은 입에 서령의 날개옷을 물고 있었어.

"선녀님! 잘못했어요! 용서해주세요!"

서령의 앞에 날개옷을 내려놓은 사슴이 벌벌 떨며 고개를 조아렸지. 사실 사슴은 줄곧 나무꾼으로부터 한 발짝 떨어진 곳에 숨어 있으면서 나무꾼이 날개옷을 무사히 훔치는지, 안전한 곳에 숨기는지를 지켜보고 있었어. 그런데 뜻밖에도 너무나 강인한 선녀들이 자기도 찾아내 벌을 줄까 봐 안절부절못하다 결국 날개옷을 빼내온 거였지.

기력이 모두 빠진 나무꾼은 사슴이 날개옷을 가져온 것을 보자마자 그만 쓰러져버렸어. 서령선녀와의 겨루기에서 완벽하게 패배한 나무꾼은 자신이 되지도 않는 객기를 부렸음을 깨달았지만 이미 늦은 뒤였지. 서령은 오들오들 떨고 있는 사슴에게서 옷을 받아 입고 냉정한 목소리로 말했어.

"날개옷의 행방을 어떻게 알고 가져왔지?"

사슴이 겁에 질린 채로 사실을 줄줄 털어놓자, 선녀들이 모두 분노하며 이 괘씸한 사슴과 나무꾼을 벌해야 한다고 소리쳤어. 서령 역시 깊은 분노를 느끼며 과연 어떤 벌을 내려야 이들의 만행을 낱낱이 벌할 수 있을지 선녀들에게 물었지. 한참 동안 서로 의견을 주고받던 서령과 선녀들은 마침내 나무꾼과 사슴에게 내릴 벌을 정하고는 그들을 어디론가 끌고 가기 시작했어.

선녀들이 향한 곳은 다름 아닌 마을 중심에 있는 시장 한복판이었어. 어느새 새벽닭이 울고 어슴푸레하게 날이 밝아오는 시간이었지. 하루를 시작하려는 마을 사람들이 모여들고 있었어.

"여기 이 죄인들을 보라! 이 자들이 감히 하늘의 선녀들에게 어떠한 일을 저질렀는지 온 마을 사람들은 와서 들으라!"

여느 때처럼 일과를 시작하던 사람들은 때아닌 소란에 까무러칠 지경이었어. 난생처음 보는 선녀들의 모습에 눈을 휘둥그레 뜬 마을 사람들의 시선은 이내 무릎을 꿇은 채 망연자실해 있는 사슴과 나무꾼에게로 향했어. 도대체 어떠한 짓을 저질렀길래 선녀들이 마을 한복판에 찾아온 것인지 궁금했기 때문이지. 사람들이 웅성대기 시작했어.

온 마을 사람들이 모여들어 시장을 가득 채우자 서령이 입을 열었지. 사슴과 나무꾼이 저지른 일이 무엇인지 고스란히 듣게 된 마을 사람들은 경악에 찬 목소리로 서로 수군댔어. 파렴치한 놈이라며 나무꾼과 사슴을 향해 욕지거리를 내뱉는 이들도 있었어. 서령은 사람들의 목소리를 잠재우고 곧이어 엄격한 목소리로 형벌을 내렸어.

"목욕하던 선녀들의 알몸을 몰래 엿본 죄, 선녀의 날개옷을 훔친 죄, 선녀를 강제로 데려가 아내로 삼으려 한 죄를 지은 나무꾼에게는 천 일간 투명 옷을 입을 것을 명한다."

나무꾼에게 내려진 벌은 다름 아닌 보이지 않는 옷으로, 한 번 입으면 때가 되기 전까진 절대 벗을 수 없는 옷이었어. 서령이 나무꾼을 향해 주문을 외우자 나무꾼이 입고 있던 옷은 감쪽같이 사라지고 그의 맨 몸뚱이가 드러났어. 나무꾼은 앞으로 천 일 동안 벌거벗은 것과 다름없는 채로 마을을 돌아다니고 나무를 해야 하는 처지가 된 것이지. 남의 몸을 몰래 훔쳐보고 옷까지 훔쳐 가버렸던 나무꾼에게 딱 맞는 처사였어.

나무꾼에 이어 사슴에게도 벌이 내려졌어.

"파렴치한 계략을 꾸며낸 나무꾼과 작당한 사슴에게는 천일간 입이 묶인 채로 생활할 것을 명한다."

서령은 사슴의 주둥이에 주문을 걸어 사슴이 말을 하려거나 먹이를 먹으려 하면 입이 딱 달라붙어서 벌어지지 않게 만들었어. 사슴은 오로지 쓰디쓴 풀을 먹을 때에만 그 입을 열 수 있었지. 아무리 배가 고파도 천 일 동안 사약만큼 쓴 풀만 먹고살아야 하는 거야. 그 입으로 선녀의 옷을 훔치고 강제로 아내 삼게 하려는 계략을 떠벌렸으니 받아 마땅한 벌이었지.

그렇게 온 마을 사람들 앞에서 사슴과 나무꾼에게 징계를 내린 서령과 선녀들은 홀가분한 기분으로 천상으로 돌아갔어. 나무꾼과 사슴은 벌을 받는 천 일 동안 자신들의 잘못을

뼈저리게 후회했지. 나무꾼의 벌거벗은 몸을 두고 천벌을 받아 마땅하다며 이웃 동네 사람들까지 찾아와 수군댄 것은 비밀로 해두자.

'선녀와 나무꾼' 이야기가 얼마나 어처구니없는 것인지는 이미 많은 이들이 알고 있을 것이다. 나무꾼과 사슴이 선녀에게 행한 행위는 명백한 범죄이지만, 원전을 비롯한 동화책에서 그것은 비판의 대상이 전혀 아니다. 원작에서는 은혜 갚은 사슴의 신의와 선행을 베푼 나무꾼의 고운 심성을 칭찬할 뿐, 선녀들을 훔쳐보다 옷을 숨기고 갈 곳 없도록 상황을 꾸며 아내로 취하는 것은 전혀 이상하지 않은 행동처럼 묘사된다.

　글쓴이 또한 어린 시절 《선녀와 나무꾼》을 읽으면서 나무꾼이 불쌍하다는 생각밖에 하지 못했던 기억이 있다. 나무꾼을 두고 하늘로 올라가버린 선녀가 너무 매정하다고 생각하기도 했다. 나무꾼이 중심이 된 서사를 따라가다 보니 선녀에게는 이입할 생각조차 하지 못했던 탓이다. 전래동화는 수많은 사람이 어린 시절에 접하는 이야기로서 가치관 형성에 엄청난 영향을 미친다. 그 속에 담긴 맥락을 비판 없이 수용하기보다는 새로운 시각으로 바라보는 시도가 반드시 필요한 이유다.

세 번째 이야기

처용

처용의
진짜 이름

《처용》 줄거리

신라 시대, 용왕의 아들 처용의 지혜에 감동한 왕은 그에게 아름다운 여인을 선물한다. 그러던 어느 날, 처용은 자신의 처와 역신이 관계 맺는 장면을 목격하게 된다. 이를 본 처용은 화를 내지 않고 뒤돌아 구슬프고도 아름다운 노래를 부른다. 이를 안 역신은 처용의 현명함에 감복하여 그에게 사죄하고, 그 후 처용과 같은 형상만 보아도 도망쳤다고 한다. 그래서 사람들은 역신을 내쫓기 위해 처용의 초상을 곳곳에 붙였고, 그 후 신라에는 역신이 찾아오지 않았다고 전해진다.

신라 시대 경주, 여느 때와 다름없는 평화로운 날이었어. 날씨도 화창했고, 소란스러운 일도 없었기에 왕도 오랜만에 경주 시내를 한가로이 걷고 있었지. 찬찬히 시내를 한 바퀴 순찰하고 개운포를 돌아 궁궐로 돌아가려던 찰나에 갑자기 하늘에 안개가 끼고 천둥이 거세게 치는 거야. 왕은 깜짝 놀랐지. 평화롭던 오후에 갑작스러운 비구름과 천둥이라니! 사방이 깜깜해지고 우레가 무섭게 쳐대는 하늘을 보니, 무슨 흉흉한 일이 생기는 것은 아닌가 하는 걱정이 들었어. 그래서 다급히 길흉을 점치는 일관을 불렀지.

"도대체 이게 무슨 일인가? 좀 전까지만 해도 햇살이 따스하고, 평온하기 그지없었는데 내가 개운포를 돌아 궁으로 돌아가려 하니 갑자기 하늘에 구름과 비바람이 몰아치는구나. 혹여 내가 하늘의 노여움을 산 것이냐?"

일관이 답했어.

"이는 동해의 용이 술수를 부린 것이니, 동해의 용을 위해 좋은 일을 하시면 이 술수가 풀릴 것입니다."

왕은 곧바로 신하들을 불러 명했어.

"당장 동해의 용을 위한 절을 짓고 그를 위해 기도를 드려라."

그리고 온 마음을 다해 기도를 드렸지. 왕이 기도를 끝내기가 무섭게 바로 하늘이 개고 바다가 열리더니 용이 그의 세 딸과 함께 나타나 기쁨을 표하며 신나는 노래 선율에 맞춰 아름다운 춤을 선보였지. 그러고서는 아이들 중 가장 현명한 구오(俱悟)라는 이름을 가진 아이에게 왕을 도와 정사를 보도록 했어.

구오가 얼마나 지혜로웠던지, 신라 전역의 백성들이 왕보다 구오를 사랑할 정도였지. 그런 구오의 현명함에 감복한 왕은, 그의 도움에 대한 감사의 표시로 참한 남성을 남편으로 맞이할 수 있도록 했어. 구오도 그 남자가 마음에 들어 그 둘은 함께 살게 되었지.

그러던 어느 날이었어. 구오가 일을 마치고 집으로 평소보다 일찍 돌아가니 낯선 신발이 문 앞에 놓여 있지 않겠어? 조용히 방 안을 들여다보자, 남편과 역신이 함께 잠자리를 갖고 있었어.

구오는 당황했지만, 화도 내지 않은 채 뒤돌아 조용히 집을 나왔어. 그러고는 신나면서도 구슬픈, 엄숙하면서도 경쾌한, 그런 기이하면서도 흥이 나는 노래를 부르며 춤을 추기 시작했어. 그 노래가 얼마나 애달프고 아름답던지 동네 사람들도 다 나와 구오가 춤추며 노래하는 모습을 넋 놓고 쳐다볼 정도였지. 그렇게 동네 사람들이 구오의 선율에 빠져 있을 때, 역신은 뒤늦게 구오가 자신이 구오의 남편과 관계를 맺는 것을 보고도 화를 내지 않고 저리 아름다운 노래를 부르고 있다는 사실에 깜짝 놀랐어. 그 생각이 머리를 스치자 역신은 곧바로 뛰어나가 구오에게 무릎을 꿇으며 빌었지.

"내가 당신의 남편을 사모하여 당신의 모습으로 변해 그를 범했는데, 공이 노여움을 보이지 않으니 칭송하는 바입니다. 공이 주시는 벌을 달게 받겠습니다."

역신의 말을 들은 구오는 자신의 남편이 역신에게 속았다는 사실을 알게 되었지. 남편은 정말이지 자신과 함께한 자가 구오라고 생각했지 역신인지는 꿈에도 몰랐다며 옆에서 눈물을 뚝뚝 흘렸는데, 이는 구오의 마음을 매우 아프게 했어. 이 일은 구오도, 그의 남편의 잘못도 아닌 역신이 남편을 속여 자행한 일이었으니까.

이를 깨닫고 구오는 역신에게 엄벌을 내려야겠다고 판단했어. 이에 남편의 생각을 물었지. 남편 또한 다시는 이런 일이 발생하지 않도록 엄벌을 내리는 것이 좋겠다고 했어. 그

말을 듣고 구오는 평생 역신과 같은 자가 다시는 이런 짓을 하지 못하도록 그의 목을 단칼에 베어버렸어. 구오의 기개가 어찌나 높던지, 그의 모습을 본 사람들은 모두 그의 눈빛을 한평생 잊을 수 없을 정도였지.

역신의 목을 벤 후 구오는 그 목을 저잣거리에 높이 걸어두었어. 그곳을 지나는 사람뿐만 아니라 저 멀리서도 누구나 잘못한 역신의 모습을 볼 수 있게끔 말이야. 남편도 이러한 구오의 처신에 크게 기뻐하였지.

이 일은 순식간에 전국 방방곡곡에 퍼져 마을 사람들뿐 아니라 전국을 떠돌아다니는 다른 역신들도 이 소문을 듣게 되었어. 소문을 듣고 사람들은 구오의 현명한 처신에 감탄하여 그를 더 사랑하고 신뢰하게 되었지만 역신들은 구오의 이름만 들어도 무서워 벌벌 떨게 되었지.

그 후 사람들은 역신을 물리치기 위해 구오의 초상을 집 입구마다 붙였고, 신라에는 역신이 찾아오지 않아 활기찬 나날들이 지속되었다고 해. 구오의 그림자만 보아도 역신들이 소스라쳤다는 소문이 아직도 전해지고 있을 정도이니, 두말할 것도 없이 역신들은 그의 의연한 초상이 무서워 마주치지도 못했겠지.

이 이야기가 바로 우리가 흔히 알고 있는 《처용》의 이야기야. 처용은 본래 處容(곳 처, 얼굴 용)으로 곳곳에 얼굴을 붙여 놓는다는 의미를 가진 단어인데, 신라 시대 때부터 백성들이 역신을 물리치기 위해 구오의 얼굴을 집안 곳곳에 붙여 걸어 두고 있으니, 그의 본래 이름인 '구오'보다 '곳곳에 붙이는 얼굴'이라는 뜻의 '처용'이 우리에게 더 익숙하게 남아 있는 것일 뿐이야.

처용은 흔히 우리의 머릿속에 '남성'으로 상정된다. 그리고 역신에게 속아 역신과 관계를 맺게 된 처용의 처는 '여성'이다. 본래 이야기에서 여성은 그저 처용의 영웅적 면모와 현명함을 보여주기 위해 소모적으로 그려질 뿐이다. 그에게는 호명되는 이름도 없고, 이름이 없기에 목소리 또한 없다. 이 이야기에서는 '여성'에게 '구오'라는 이름을 부여함으로써 그동안 주목받지 못했던 여성에게 목소리를 심어주고자 했다. 이를 통해 '이름 지어진' 존재와 '이름 지워진' 존재의 차이에 대해 함께 생각해보면 좋겠다.

이 글에서는 이렇게 대부분 성별에 따라 호명되는 자와 호명되지 않는 자가 나뉘었던 과거 이야기를 뒤집음과 동시에, 성범죄에 대한 경각심 또한 일깨우고자 했다. 처용의 처가 역신에게 강간당했음에도 불구하고 기존의 이야기에는 그의 감정, 상황, 심정 등에 관한 묘사는 일절 없다. 하지만 실질적으로 생각해보면 처용의 처 또한 분하고 억울할 것인데 그의 이야기를 듣지 않고, 단지 처용이 노래를 부르고 그 노래에 감복하여 역신은 처용의 얼굴을 보면 도망간다는 기존 설정은 처용의 현명함이 제대로 드러나지 않을뿐더러 피해자의 목소리를 지우는 식의 해소 방안에 불과하다. 이에 우리의 이야기에서는 구오의 남편이 원하는 바를 짧게나마 표현하게 함으로써 피해자의 목소리를 듣는 것이 중요함을 보여주고자 했다.

우렁각시

행복을 부르는
우렁총각의 붉은 묘약

《우렁각시》 줄거리

어느 마을에 변변치 못한 노총각이 있다. 이 총각은 농사일을 할 때면 매번 "나랑 살며 따뜻한 밥을 지어줄 사람 어디 없나?"라고 중얼거리곤 한다. 그러던 어느 날, 밭에서 웬 우렁이가 "나랑 살면 되지"라고 답하였고, 총각은 우렁이를 데리고 가 집안 물 항아리에 넣어두었다. 이 우렁이는 밥때가 되면 어여쁜 모습으로 변해 총각을 위해 따뜻하고 맛있는 밥을 지어주었는데, 이를 알게 된 총각은 우렁각시에게 자신과 함께 살 것을 제안한다. 그 후 같이 살게 된 부부는 우렁각시의 능력으로 역경을 헤치고 행복하게 산다.

※

　이 이야기는 아주 먼 옛날에 살았던 혜석이라는 자와 그 남편에 대한 이야기야. 우리 대부분은 그에 관한 이야기를 알고 있지만, 시대에 따라 왜곡되고 변형된 이야기만을 알고 있을 뿐이지. 그에 관한 진짜 이야기는 모르는 사람들이 대부분이라더군. 그리하여 지금 우리가 몰랐던 그의 진짜 이야기를 들려주려 해.

　옛날 한 마을에 혼자 씩씩하게 일을 하며 살아가고 있는 혜석이라는 자가 있었어. 그가 살던 시절은 지금으로부터 너무나도 먼 옛날이라 여자는 일찍이 결혼해 아내로서 가족을 위해 평생을 밥을 짓고 청소하고 빨래하는 일들을 하며 사는 것이 한 치의 의심도 없이 당연시되었던 시절이었지. 또한 남자는 밖에 나가 농사를 지어 식구들이 먹을 곡식을 수확해오는 것이 의무로 여겨졌어.

　혜석은 어릴 적부터 세상이 미리 정해놓은 뻔한 삶을 살기 싫었어. 그래서 부모의 청에도 불구하고 누군가의 아내가 되지 않고 혼자 글을 읽고 농사를 지으며 열심히 하루하루를 살아가고 있었지. 그는 세상 통념과는 반대로 오히려 그를 위해 밥도 하고 빨래도 할 그런 총각을 원했어. 자신과 같이 세상의 흐름에 반하는 그런 사람을 말이야. 혜석이 요리를 하는 것보다 농사 짓기를 더 좋아하듯이 누군가는 남자지만 바깥일보다 집안일을 더 좋아할 수도 있는 거니까.

한데 혜석 주변의 동네 총각 중에는 이런 자가 없었어. 오히려 혜석을 이상하다 여겨 멀리하는 자들이 더 많았지. 혜석도 이런 사실을 충분히 알고 있었기 때문에 그러한 소문에 개의치 않고 혼자 열심히 계절에 맞춰 씨도 뿌리고, 곡식도 거두며 살아가고 있었어. 언젠가는 자신이 이렇게 일을 나갈 동안 집을 치우고, 새참을 만들고, 매 끼니를 차려줄 사람이 나타나리라는 희망을 품은 채로 말이야. 이런 사람이 나타난다면 바로 함께 살아야겠다고 생각하면서 말이지.

하지만 마을 분위기와 상황을 고려했을 때 거의 불가능한 꿈이라는 것을 알았기에 혜석은 일을 하면서 이런 소망을 혼자 중얼거릴 뿐이었어.

"나랑 살면서, 맛있는 밥과 반찬을 해줄 그런 총각 어디 없나?"

한편 바닷속에는 우렁이 총각이 살고 있었어. 그 또한 혜석처럼 세상이 정해놓은 삶은 살기 싫어했지. 그는 용왕의 아들이었는데, 딱딱한 체계와 권위적인 문화가 너무나도 싫었어. 그는 매일 새로운 요리를 시도하고 무언가를 깔끔하게 정리하는 데에서 소소한 행복을 느꼈지.

한데 바닷속도 육지와 마찬가지로 성별에 따라 할 일이 정해져 있었기 때문에 우렁총각은 자신이 원하는 일을 할 수가 없었어. 우렁총각이 요리를 하려 하면 용왕이

"지금 사내가 무얼 하는 것이냐!"

하며 온 바다가 쩌렁쩌렁 울리도록 호통을 치곤했기 때문이지. 이에 우렁총각은 울며 겨자 먹기로 사내로서 자신이 해야 하는 일을 하며 매일을 살아갈 수밖에 없었어. 다양한 요리도 시도해보고 자신의 창의력을 맘껏 뽐내고 싶었기에 용궁이 요구하는 삶은 그를 매우 지치게 했지.

그는 항상 자신을 옥죄는 규범에서 벗어나 하고 싶은 요리를 하며 사는 삶을 꿈꾸었어. 그러던 와중 그는 어떤 소문을 들었지. 육지에 사는 혜석이라는 자가 매일 밭을 갈면서 "나랑 살면서, 멋진 요리를 해줄 그런 총각 어디 없나?"라고 중얼거린다는 소문이었어. 우렁이는 단번에 자신과 혜석이 서로에게 도움이 되는 아주 잘 어울리는 한 쌍이 될 수 있을 거라는 직감이 들었지. 그래서 혜석을 만나러 가야겠다고 결심

했어. 우렁총각이 결단을 내리기까지는 그리 오랜 시간이 걸리지도 않았지. 자신이 해야 할 일이 엄격하게 정해진 바닷속 삶에 대해 예전부터 따분함을 느끼고 있었기 때문이야. 그렇게 우렁총각은 혜석을 찾아 떠났어.

　그날도 여느 때와 마찬가지로 혜석은 밭에서 땅을 일구며
　"나랑 살면서, 나를 위해 밥을 짓고 청소를 할 그런 총각 어디 없나?"
　라고 혼잣말을 중얼거리고 있었지. 그런데, 그때 "나랑 살면 되지" 어떤 총각의 목소리가 근처에서 들리는 것이 아니겠어? 깜짝 놀란 그는 주위를 잽싸게 둘러보았지만, 그 어떤 사람의 형체도 보이지 않았어. 혜석은 이상하다 여기며 다시 한 번 읊조렸지.
　"나랑 살면서, 나를 위해 밥을 짓고 청소를 할 그런 총각 어디 없나?"
　그런데, 이번에도 그의 말이 끝나기가 무섭게 "나랑 살면 되지" 하는 총각의 목소리가 들리는 게 아니겠어? 혜석은 설레는 마음으로 "그러는 당신은 어디에 있지?" 하고 물으며 계속해서 그 목소리가 나는 곳으로 조금씩, 조금씩 다가갔

어. 목소리를 따라 가까이 가보니 그곳에 사람의 형상은 없고, 우렁이만 있을 뿐이었지. 우렁이가 말을 하는 것인지는 알 수 없었지만, 그는 이 우렁이가 신비롭다고 느꼈어. 그래서 그는 우렁이를 소중히 데리고 집으로 가서, 물 항아리에 고이 넣어두고 다시 일하러 갔지.

열심히 일하다 보니 어느덧 해가 뉘엿뉘엿 기울고, 집에 돌아갈 시간이 되어 그는 서둘러 집으로 향했어. 그런데 저 멀리 그의 집 굴뚝에서 연기가 모락모락 나는 게 보이지 않겠어? 혜석은 이게 무슨 일인가 하고 발걸음을 재촉했지. 집에 도착해서 문을 열어보니, 밥상에 따끈한 밥과 반찬들이 준비되어 있었어. 이게 어찌 된 일인지 알 수 없었지만, 혜석은 배가 너무나도 고팠기에 주어진 밥과 반찬들을 맛있게 먹었지. 일이 끝나자마자 따뜻한 밥 한 끼를 먹는 건 처음이었기에 그는 기분 좋게 잠이 들었어. '참, 이상한 날이구나'라고 생각하면서 말이야.

그 다음 날도 혜석은 집안에서 풍기는 맛있는 냄새에 잠에서 깨어났어. 처음에는 그저 꿈속에서 맛있는 음식을 마주했다고 생각했지. 하지만 꿈이라기엔 너무나도 기분 좋은 음식 냄새에 눈을 떠 보니 아침상이 정갈하게 차려져 있지 않겠어? 깜짝 놀란 혜석은 주방에도 가보고 온 집을 뒤졌지만, 그 누구의 흔적도 발견하지 못했어. 그래서 일단 따끈따끈한 밥알들이 식기 전에 밥 한술을 떴지. 그 요리는 너무나 맛있어서 금세 모든 밥과 반찬을 먹어버릴 수밖에 없었어.

다 먹고 나서야 그는 어제오늘 일어난 일에 대해 곰곰이 생각하게 되었지. 그러다 문득 어제 밭에서 들었던 기이한 목소리가 떠올랐어. 과연 이 모든 일이 누구의 소행인지, 혜석은 몹시 궁금했지. 그래서 한 가지 꾀를 생각해내었어. 일하러 가는 척 나가서 집 주위를 배회하다, 부엌 굴뚝에서 연기가 피어오르기 시작하면 집으로 냉큼 달려가 이 진수성찬을 누가 만들고 있는지 확인하는 것이었지. 이런 생각을 가슴에 품고 혜석은 여느 때와 같이 집을 나섰어.

주변 사람들의 시선 없이 그동안 하고 싶었던 새롭고 맛있는 요리를 한다는 건 우렁총각에게 너무나도 즐거운 일이었어. 그리고 자신이 차린 음식을 누군가가 맛있게 먹는다는 사실도 그를 매우 뿌듯하게 했지. 우렁총각은 혜석이 나가자 그동안 만들어보고 싶었던 또 다른 요리를 시작했어. 이번에는 어떤 맛을 내는 음식이 나올까 상상하면서 말이야.

점심 즈음이 되니 아니나 다를까, 집 굴뚝에서 연기가 피어올랐어. 혜석은 곧바로 집으로 달려가 부엌문을 통해 누가 밥을 하고 있는지 살짝 엿보았지. 혜석은 깜짝 놀랐어. 처음 보는 한 총각이 흥겹게 노래를 부르며 요리를 하고 있었거든. 깜짝 놀란 그는 이게 무슨 일인가 싶어, 이러지도 저러지도 못한 채 숨죽여 그 상황들을 지켜볼 수밖에 없었어. 하지만 더 놀라운 사실은 혜석이 올 시간에 맞춰 그 총각이 따뜻한 밥을 완성하고는 다시 물 항아리 안의 우렁이로 변하는 것이었지 뭐야.

혜석은 이게 꿈인지 생시인지 싶어 볼을 마구 꼬집어보았지만, 이는 분명 그의 눈앞에서 벌어진 일이었어. 혜석은 밥을 먹으며 그 총각이 부엌에 다시 나타날 때 꼭 말을 걸어보겠다고 다짐하며 저녁을 기다렸지.

그렇게 저녁이 되자, 마법처럼 다시 우렁이가 총각으로 변해 밥을 짓기 시작했어. 혜석은 이때다 싶어 바로 부엌으로 들어가 그를 불렀지. 그는 혜석이 있다는 사실을 알고 황급히 다시 물 항아리 속으로 들어가려 했어. 혜석은 그를 붙잡으며 다급하게 물었지.

"당신은 누구죠?"

우렁총각은 그의 갑작스러운 물음에 부끄러워하며 답하기 시작했어.

"저는 바닷속 용왕의 아들입니다. 바닷속에서 너무나 요리가 하고 싶었지만, 남자라는 이유만으로 하지 못하였고 원치 않는 모습으로 살아야만 했습니다. 그러던 와중 당신에 관한 소문을 듣게 되었죠. 당신과 나는 서로를 이해할 수 있는 좋은 동반자가 될 수 있지 않을까 생각했습니다. 그래서 이렇게 오게 된 것이죠. 혹여 놀라셨다면 죄송할 따름입니다."

혜석은 늘 우렁총각과 같은 자를 만나고 싶었기에 그의 말이 무척이나 반가웠지. 둘은 마음이 잘 맞았고, 원하는 삶의 모습도 비슷했어. 둘은 함께 살면서 행복한 나날들을 보냈지. 혜석은 밖에서 밭을 갈고 땅을 일구고, 우렁총각은 집에서 빨래도 하고, 매일 새로운 요리들을 개발하기도 하는 날들이었어. 서로가 원했던 모습이었기 때문에 둘은 이 생활에 충만함을 느끼지 않을 수가 없었어.

둘은 행복했지만, 이들을 바라보는 마을 사람들의 시선은 곱지만은 않았어. 남자가 남사스럽게 부엌에 드나들다니! 마을 사람들은 혜석을 두고 남자 기를 꺾어 밥이나 하게 만드는

요물이라고 손가락질했고, 우렁총각은 우둔하고 미련해서 혜석에게 홀린 불쌍한 총각이라고 수군거렸어.

마을 사람들이 계속해서 비난해대니 이들도 마냥 즐거울 수만은 없었지. 남들과 다르다고 손가락질을 하다니, 이 얼마나 한탄스러운 일인지 몰라. 그래서 혜석과 우렁총각은 어떻게 하는 것이 좋을지 밤낮으로 머리를 맞대고 고민했어.

고민 끝에, 이 둘은 마을 사람 모두를 그들의 집으로 초대했어. 할 말이 있다면서 말이야. 마을 사람들은 탐탁지 않았지만, 소문의 실상을 확인하기 위해 모두 모여 그들의 집으로 향했지. 마을 사람들을 반긴 건 우렁총각이 맛깔스럽게 차린 밥상이었어. 우렁총각이 집안일을 한다는 사실을 두 눈으로 보게 된 그들은 기가 찼지만, 화를 삭이며 음식을 들었지. 조금이라도 맛이 없으면 트집을 잡을 요량으로 말이야.

하나 그 음식에는 용왕의 아들인 우렁총각이 만든 신비한 묘약이 들어 있었어. 바로 사람들이 고정관념에서 해방되어 본인이 진정으로 원하는 일을 하며 살 수 있게끔 하는 묘약 말이지. 우렁총각은 붉은 빛깔을 띠는 이 묘약을 정성껏 준비한 음식들에 미리 조금씩 넣어 두었어. 마을 사람들 모두가 이 묘약의 효과를 볼 수 있도록 말이지.

그러니 음식을 먹은 마을 사람들은 깜짝 놀랄 수밖에. 세상에나! 너무나 맛있는 음식에서 눈이 번쩍 뜨이는 신묘한 힘까지 느껴지니 마을 사람들이 놀라지 않는 게 더 이상한 일이었지. 마을 사람 모두가 주변 이웃들을 두리번두리번 살피며 각자 혼잣말로 중얼거렸어.

　'그래, 남자라고 요리하면 안 된다는 법은 없지. 암, 그렇고말고.'

　'여자라고 평생 집에만 있어야 한다는 법 있나?'

　'아, 내가 이렇게 일찍 시집을 가지 않았더라면, 난 뭘 하고 살고 있었을까.'

　'오늘부터 나도 글을 배워 책이나 읽어볼까.'

　'어쩌면 나는 의술을 배워 가난하고 아픈 사람들을 치료해주고 싶었던 것인지도 몰라.'

　그날 이후 집에서만 머물러야 했던 여성들은 자신이 하고 싶었던 일을 적극적으로 찾기 시작했어. 물론 남성들도 마찬가지로 농사짓는 것 이외에 자신이 하고 싶은 일을 곰곰이 생각해보기 시작했지. 자신이 무엇을 하든 손가락질 받지 않고 인정받을 것을 알고 있었기 때문에 용감하게 원하는 일을 선

택해 나갈 수 있었어. 모두 스스로 즐겁고 행복하다고 느끼는 일을 하니 일의 능률이 오르는 것은 기본이요, 서로 서로 도움이 될 수밖에! 그 마을은 곧장 모든 일에 최고인 사람들이 모여 사는 마을이 되었지. '차별적인 시선' 하나 없어진 것뿐인데, 이렇게 행복하고 살기 좋은 마을이 될 줄 누가 알았겠어? 마을 사람들은 너무나도 행복했지.

마을 사람들이 각자 원하는 일을 하며 매우 행복하게 살아가고 있다는 사실은 곧 주변 마을에도 전해지기 시작했어. 이에 다른 마을에도 변화를 유도하는 멋진 여성들과 남성들의 움직임이 퍼지기 시작했지. 이 움직임은 전국 곳곳으로 퍼져나갔어. 물론 성공한 마을도 있었고, 실패한 마을도 있었지. 하나 중요한 사실은 성공하지 못한 마을이라 하더라도 그 마을의 누군가는, 고정관념을 없애기 위해 지금 이 순간에도 노력하고 있다는 사실이야.

전래동화 다시 쓰기를 기획하면서 가장 먼저 떠오른 이야기가 바로 '우렁각시'였다. 총각 몰래 매 끼니 밥을 차려주는 아리따운 우렁각시의 이야기는 한국의 뿌리 깊은 유교사상과 함께 좋은 아내, 좋은 어머니로서 삼시 세끼 밥을 차리는 여성이 되기를 강요하는 사회적 억압과 맥을 함께하고 있다. '밥 차려주는 여성'이라는 상은 너무나도 강하게 작동하고 있어서, 21세기인 현 사회에서도 밥을 차리는 등의 집안일은 당연히 여성의 일이라 여겨지며 평가절하되고 있다. 이런 이야기를 뒤집어보고 싶었다.

어린 시절부터 《우렁각시》를 읽고 자란 남성들에게 우렁각시는 무릇 그들의 로망이 되어버렸다. 구전문학인만큼 다양한 형태로 변형되어왔지만, 우렁각시 이야기의 핵심은 '우렁이의 능력'이 아닌 '아름다운 우렁이가 노총각을 위해 함께 살며 밥을 차려주고 옆에서 조용히 내조한다'는 내용이었다. 그래서 이 이야기를 긍정적으로 재해석하기 위해서는 기존에 주목받지 못했던 '우렁이의 능력'에 초점을 둘 것인지, 이야기를 반전시켜서 착하고 조신하게 밥을 하는 존재가 '우렁각시'가 아닌 '우렁총각'이라는 내용으로 변화시킬 것인지에 대한 고민이 있었다. 우렁이의 능력을 발굴하고 재조명하는 것도 물론 필요할 것이다. 그러나 이 이야기에서는 우렁이의 능력보다, 오랜 시간 지속되어왔고 지금도 계속되고 있는 '밥을 하는 여성'에 대한 문제를 제기하는 것이 더 옳다는 판단을 하게 되었다. 기존의 우렁각시 이야기는 무엇보다도 '조신하게 밥 차려주는 여성'에 대한 환상을 계속해서 재생산해내고 있으니 말이다.

그렇게 이 우렁총각 이야기가 탄생하게 되었다. 짧은 이야기이지만, 이 이야기를 통해 궁극적으로 전달하고자 한 것은 밥을 하는 우렁총각의 존재뿐 아니라, 그렇게 세상은 조금씩 변해가고 있다는 희망이다. 하나의 성별만 할 수 있고, 해야 하는 일은 없다. 아직도 수많은 고정관념과 혐오가 뒤섞인 세상이지만, 우리가 조금씩 바꿔나가다 보면 언젠가는 혜석과 우렁이가 사는 마을처럼, 그런 이상적인 세상도 오지 않을까 기대해본다.

장화홍련전

장화홍련을
구한 계모

《장화홍련전》 줄거리

옛날 평안도 철산 땅에 사는 배좌수라는 인물에게는 장화와 홍련이라는 두 딸이 있었다. 부인이 세상을 뜨고, 배좌수는 후사를 잇기 위해 후처인 허씨를 들였는데 허씨는 세 아들을 낳는다. 장화가 혼인할 때가 되자 허씨는 자기 자식에게 물려줄 재산이 없어질 것을 걱정해 장화를 죽일 흉계를 꾸민다. 허씨는 장화가 낙태한 것처럼 속인 후, 양반 가문의 명예를 더럽힌 죄로 장화를 죽이자고 모함해 배좌수의 동의를 얻는다. 배좌수는 허씨의 아들인 장쇠를 시켜 장화를 연못에 빠뜨려 죽게 한다. 홍련도 언니가 죽은 것을 알고 언니가 빠져 죽은 연못에 몸을 던진다. 이후 장화와 홍련의 원귀가 철산부사의 앞에 나타나 하소연하지만, 부사들은 원귀를 보는 족족 죽어버린다. 마침내 무관 정동호가 부임하여 원귀의 원통한 사연을 듣는다. 장화와 홍련의 도움을 받은 정동호는 결국 계모의 흉계를 밝혀내고, 허씨와 장쇠를 처형한다. 장화와 홍련의 간청대로 배좌수는 무죄방면되어 윤씨를 세 번째 부인으로 얻었는데 장화와 홍련이 윤씨의 몸을 빌려 쌍둥이 자매로 다시 태어난다. 장화와 홍련은 평양의 쌍둥이 형제 이윤필, 이윤석과 혼인해 못다 한 부귀영화를 누린다.

옛날 평안도 철산에서 있었던 이야기를 하나 해줄게. 철산 지역에서도 저 끝 변두리 작은 마을에 살았던 영주(英柱)의 이야기야.

어려서부터 착하고 영특했던 영주는 하루빨리 관직에 나아가 더 좋은 세상을 만들어보겠다는 꿈을 꾸었지. 여전히 많은 제약이 있었지만 여자도 과거 시험을 치를 수는 있었거든. 그러나 부모를 거스르지 못했던 영주에게 그것은 한낱 미몽에 불과했어. 영주의 아버지는 계집아이가 괜한 벼슬을 해서 사내의 앞길을 막아서는 안 된다며, 배운 것이라고는 시기심과 주먹질밖에 없는 평범한 마을 사내와 혼인하기를 강요했지. 화가 났지만 그래도 낳아주고 길러준 부모인데 자식으로서 도리를 다해야지, 하며 영주는 마음을 추슬렀어. 속내를 털어놓을 수 있었던 어머니에게 불만을 토로해봤지만 어머니는 그저 아버지의 말을 따르며 지금처럼 평안히 사는 것이 속 편하지 화를 내서 무엇 하냐며, 여인으로서 행복하게 살기 위해선 혼인하는 게 좋겠다고 다독이셨어. 그래야 어디 가서 이 어미가 딸 자랑도 할 수 있지 않겠냐며 말이야. 싫다고 버티면 애꿎은 화살이 어머니에게로 돌아가 어머니가 괴로워할 것을 알기에 영주는 자신을 위한 선택을 내릴 수 없었어. 혼인 후에도 공부를 계속하여 과거를 치를 수 있을 거라고, 스스로를 다독이며 영주는 마을 사내와 혼인을 했다지. 그게 파란만장한 생의 시작이 될지 누가 알았겠어.

영주와 혼인한 사내는 제 가족 먹여 살릴 양식도 겨우 구해오는 마당에 영주가 과거 시험을 치르고 싶다고 하면 불같이 화를 냈지. 영주는 그저 열심히 읽고 배운 것을 써서 꿈을 실현하고 싶을 뿐이었어. 또 잘하는 것을 행하여 재산을 모은다면 그보다 좋은 일이 어디 있겠냐는 생각이었지. 아니 그런데 이게 웬걸, 남편은 어디 지아비를 무시하고 기어오르려 하냐며 노발대발하는 것이 아니겠어? 그 못된 고집에 뜻을 접기를 여러 번, 그러는 사이에 시간은 흘러흘러 어느덧 영주는 사내아이를 셋이나 낳게 되었어. 암, 그마저도 원해서 낳은 것은 아니었지. 부모가 낳아라, 동네 사람들이 낳아라. 아, 낳으라니 그게 좋은 것이겠지 하고 낳게 되는 게 아니겠어. 아이를 낳아 기르다 보니 다섯 해가 훌쩍 지나버렸어. 그 사이 영주의 꿈도 잊혀갔지.

한편 영주의 남편은 영주에게 소리를 꽥꽥 지르는 데 그치지 않았어. 둘 사이에 자식이 생긴 이후에는 그저 저 기분 내키지 않을 때면 부인에게 발길질해대기 일쑤였다지 뭐야. 남편이라는 작자가 난동을 부릴 때마다 다 엎어버리고 집구석을 박차고 나가고 싶었지만 어린 자식들을 생각해 하루하루를 꾸역꾸역 버텨갔지. 그러면서도 동네 사람들 앞에서는 잘 사는 척, 행복한 척을 하느라 고생 좀 했다지. 제 속은 썩어 들어가고 있는데 말이야. 그러던 영주가 '이놈의 집구석에서 당장 뛰쳐나와야겠구나' 하고 깨달은 건 이제 서당 갈 나이가 된 첫째 아들이 동네 아이들과 뛰어노는 모습을 발견했을 때였어. 이제 막 뛰어놀기 시작한 아들 녀석이 글쎄 동네 여자아이들에게 주먹질해대며,

"계집애가 방구석에서 오라비 다리나 주무를 것이지 어디 사내들 놀이에 끼어들려 해! 맞아봐야 정신 차리겠어?"

하며 꽥꽥대고 있는 게 아니겠어.

그 모습을 본 영주는 놀라 까무러칠 지경이었어. 글도 채 못 뗀 어린 아들이 제 아비의 못난 행동을 그대로 따라 하고 있으니 기가 찰 노릇이었지. 이대로 두었다가는 눈에 넣어도 아프지 않을 제 자식들이 죄다 집 안팎에서 횡포를 부리고 다닐 지경이라 영주는 그만 겁에 질려버렸어. 그 길로 아들들을

데리고 집을 영영 나오려는데, 첫째 아들 녀석은 영주의 손을 뿌리치며 왜 이 편한 집을 떠나야 하냐고 떼를 쓰는 게 아니겠어. 그러고서는 별안간 영주와 동생의 신발을 집어 들고 냅다 뛰쳐나가며 동네방네 소리를 지르고 다니는 거야.

"동네 사람들아, 동네 사람들아, 여기 좀 보소. 제 새끼들 손잡고 나가는 우리 집 어미 좀 보소!"

그러자 마을 사람들이 죄다 뛰쳐나와서는 버선발로 한 손에는 둘째의 손을 잡고, 또 다른 한 손에는 셋째를 안아 든 채 마을 밖을 나서는 영주를 뒤쫓기 시작했어.

쫓고 쫓기다, 이미 마을 사람들이 사람이 걸어갈 수 있는 길목이란 길목은 죄다 지키고 있는 바람에 마을을 나가려면 삼백 척이 훨씬 넘는 강을 건너가야 했어. 건장한 어른도 헤엄치지 못할 정도로 물살이 세고 굽이굽이 험한 강을 말이야. 영주는 절대 살아서 그 강을 건널 수 없으리라는 것을 누구보다 잘 알았지. 매일 이른 아침에 강가에서 빨래하며 지켜봤으니 그 거센 강줄기를 모를 리 있나. 아무도 없는 이른 새벽녘에 혼자 나와 빨랫감을 신명 나게 두들기며 신세 한탄을 할 때가 영주에게는 하루 중 유일하게 속 시원히 한풀이를 할 수 있는 시간이었으니.

막상 강가에 다다르니 영주는 겁이 났어. 억울했지. 이대로 돌아가면 죽기 직전까지 두들겨 맞을 게 뻔했고 앞으로 나아가자니 제 발로 황천길로 향하는 셈이었으니. 눈물도 나지 않았어. 이게 자식들을 위한 일이 맞나 고민도 했지. 그러다 이내 이 같은 세상에서 자식들을 위해 유일하게 해줄 수 있는 일은 이것 밖에 없다고 생각했어. 지금 당장 이 마을을 떠나지 못하면 영영 헤어 나오지 못하고 죽지 못해 살게 될 것을 알고 있었거든. 배우지 말아야 할 것들을 배우고 제 아비를 닮게 하느니 차라리 다 같이 혼이라도 자유로워지는 게 낫다는 생각까지 들었어.

무엇보다도 영주는 화가 나서, 억울해서 멈출 수가 없었어. 꿈 많던 자기가 무슨 연유로 이 지경까지 오게 된 것인지 혼란스러웠거든. 지금 자신을 쫓고 있는 고작 저런 못난 인간들 때문에 제 삶을 포기해야 한다는 사실에 견딜 수 없었어.

그렇게 혼란스러운 마음을 안고 영주는 강에 발을 디뎠어. 저 멀리 뒤에서 영주를 부르는 마을 사람들의 말소리가 들려왔지, 말이라기보다는 욕지거리에 가까웠지만. 영주는 한 발짝 한 발짝 멈추지 않고 나아갔어.

얼음장같이 차가운 강물이 어느새 따듯하게 느껴질 때쯤

별안간 자식들을 꼭 붙잡은 영주의 몸이 물 위로 떠올랐어. '이 몸이 벌써 죽어 저세상으로 가고 있는가 보다'라고 생각하다가, 소란스러운 움직임에 발밑을 내려다보니, 글쎄 한 무리의 자라 떼가 영주와 아이들을 띄워 올려 강을 건너게 하는 게 아니겠어. 영주가 강가에서 신세 한탄을 할 때 유심히 듣고 있었던 자라들이 가엾은 영주를 돕겠다며 무리를 지어 몰려온 거야. 하늘이 도운 게지.

강가에 다다른 마을 사람들이 욕지거리를 한바탕하며 발을 동동 구르고 있는 사이, 영주는 어느새 강 건너편에 다다랐어. 이내 정신을 바짝 차린 영주는 자라들에게 고맙다는 인사를 건네고는 곧장 달려갔어. 한양에 가까워지면 영주 같은 여인들에게도 자유롭게 공부하고 관직에 나아갈 기회가 열려 있다는 이야기를 들어왔으니 한양으로 가야 한다는 생각뿐이었지. 가는 길에 혹여나 마을 사람들이라도 만날까 조심하며 사흘을 제대로 쉬지도 먹지도 못한 채 길을 걸었어.

그렇게 정처 없이 헤매다 더 이상 한 발짝도 떼기 어려운 지경에 다다랐을 때, 어느 작은 고을이 보였어. 영주도 지쳐 있었지만 힘들어하는 아이들 때문에 더 이상 나아가기가 어려워 우선 그 고을에 머무르기로 했지. 고을에 이르러 영주는 남편 몰래 간직하고 있던 패물 세 개 중 두 개를 팔아 작은 초가집과 먹을거리를 마련했어. 당장 먹고 살 방법을 구해야 했기에 길쌈이든 농사일이든 마다하지 않고 소일거리를 찾아 조금씩 돈을 벌기 시작했지.

갑자기 나타난 외지인이 어린 자식들을 데리고 열심히 일하는 모습을 보고 감동한 동네 사람들은 이내 영주에게 호감을 느끼기 시작했어. 고을 사람들과 친해지기 시작한 영주는 곧 고을의 작은 서당에서 아이들을 가르치는 일을 맡았어. 친절한 고을 사람들은 영주에게 스스럼없이 다가왔고 개중에는 영주에게 사심을 품고 다가오는 남정네들도 있었다지.

성실하고 심성도 착한 영주에게 호감을 표현하는 남정네들이 많아지자 영주는 고민 끝에 두 번째 혼인을 결심했어. 영주는 그동안 자신이 고생했던 이유가 몹쓸 인간을 만난 탓이라고 생각했어. 첫 번째 남편이 학식이 부족해서 무지하고 폭력적이었다고 생각한 게지.

어린 자식들을 위해서라도 남편이 필요할 거라고 생각한 영주는 호감을 표현한 수많은 남자들 중에 가장 공부를 많이 했다는 배씨와 혼인을 했어. 배씨는 그 고을 양반의 우두머리인 좌수직을 맡은 사람이었으니, 그라면 함께 살기에 좋은 사람일 거라고 막연히 생각했지. 게다가 배씨도 영주와의 혼인이 두 번째 결혼이었어. 배씨의 첫째 부인은 병으로 죽었고, 그 사이에서 낳아 이제 막 젖을 뗄 나이인 두 딸 장화와 홍련을 배씨 홀로 키우고 있었거든. 영주는 배씨가 자신과 같은 처지에 있다고 생각해서 더 마음이 쓰였어. 함께 가정을 이루고 번듯이 살아갈 수 있다고 굳게 믿었지.

배씨는 영주에게 무척이나 친절했어. 배씨가 적극적으로 구애하자 영주는 혼인한 경험이 있으며, 아주 못된 첫째 남편을 만나 고생한 사실을 숨김없이 털어놓았지. 그러자 배씨는 영주의 아픔을 이해하는 듯 영주를 감싸주었고, 영주는 그런 배씨의 모습에 더욱더 호감을 느끼게 되었어. 못된 첫째 남편과 마을 사람들의 횡포에 상처가 컸던 영주는 자신에게 따뜻한 말을 건네는 배씨라면 괜찮겠다 싶었을 거야. 그렇게 영주는 배씨와 혼인을 하게 되었어.

그런데 말이야, 새로운 곳에서 더 좋은 사람을 만나 행복하게 살아가면 된다고 굳게 믿었건만, 글쎄 이 배씨라는 자가 혼인 후에 슬금슬금 제 본색을 드러내는 게 아니겠어? 가엾은 영주는 이제 무얼 믿고 살아가야 할까. 배씨는 영주를 저를 위해 밥을 하고 빨래를 하는 사람으로 취급했어. 영주가 옳은 말을 전하려 할 때면 귓등으로 흘려버리고 못 들은 체하기 일쑤였지. 스스로 공부에 매진해 아는 것이 많은 영주가 좌수 일을 도우려 하면,

"아니, 아녀자 주제에 높은 사내들 일에 어찌 끼어들려 하는가."

라고 하는가 하면,

"거 내가 한양에 가봐서 아는데 자네 말은 한참 잘못된 것이네."

하고 가당치도 않은 트집을 잡는 건 예삿일이요, 배씨와 지내는 것에 지친 영주가 마을 사람들과 어울릴 때면 어찌 알았는지 금세 찾아와 혼인한 아녀자가 어디 함부로 웃음을 흘리며 다니느냐고 한바탕 난리를 쳤다지. 방탕한 여편네라며 말이야. 이내 마을 사람들은 큰 소동이 나는 것이 싫어 영주를 슬금슬금 피하기에 이르렀어. 그러면서 배씨 자신은 옆 동네 양반들이 모이는 자리에 나가 기방에 들렀다 온다는 소문이 파다했어. 하루는 영주가, 날이 늦었는데 어딜 들렀다 오냐며 기방에 다녀온 것이 아니냐고 묻자,

"사내대장부가 젊은 여인네들을 만나 원기를 충전해야 함

은 당연지사이니 그것은 자네가 이해하는 것이 맞네."

하는 게 아니겠어. 염치도 없지.

영주는 또 신세를 한탄했어. 좌절했지. 기껏 못난 첫째 남편에게서 도망쳐 새로 자리를 잡았건만 두 번째 남편도 별다를 것이 없는 인간이었어. 게다가 두 번째 남편 배씨는 겉으로는 점잔을 빼며 교묘하게 영주를 괴롭혔어.

결국 영주의 마음은 또 한 번 비참히 무너져내렸어. 제 삶을 포기하고 싶은 적도 한두 번이 아니었고, 다시 한 번 자식들의 손을 잡고 집구석을 떠날 생각도 여러 차례 해보지 않았겠어? 그런데 이상하게도 배씨는 그 기로에 설 때마다 영주에게 값비싼 패물을 내밀고, 어여쁘고 참하고 지혜로운 부인이라는 감언이설을 내뱉었어. 마음 약한 영주는 그때마다 배씨는 본디 성품이 고운 사내라며 제 마음을 다독였지. 그렇게 마음을 다잡고 살아보려 하면 배씨는 언제 그랬냐는 듯 폭언을 내뱉기 일쑤였는데, 이쯤 되면 배씨의 첫째 부인도 별다른 병이 아니라 배씨 때문에 화병에 걸려 끙끙 앓다 못해 저세상에 간 것이 아닌가 싶은 생각까지 들었지.

그 어려운 와중에 영주의 마음을 다시금 붙잡은 건 어린 장화와 홍련이었어. 제 어릴 적 모습을 보는 것만 같아서 이 어린 것들을 두고 어딘가로 떠날 수가 없었어. 영주마저 없는 세상에서 장화와 홍련이가 배씨 같은 아비 아래에서 겪어야 할 미래는 뻔했으니까. 영주는 다시 정신을 붙잡았지. 악착같이 장화와 홍련을 바르게 키워내기로 마음먹었어.

배씨는 장화와 홍련을 서당에 보내지 않았어. 계집아이들을 가르치는 데 돈을 쓰는 건 낭비라고 생각했지. 영주는 배씨가 외출할 때마다 몰래몰래 장화와 홍련에게 글을 가르쳤어. 그동안 열심히 배운 것들을 어린 자매를 가르치는 데 모두 쏟아 부었지. 장화와 홍련을 가르칠 때 영주는 가슴이 부풀었고, 이제껏 어렵사리 배운 것을 헛되이 쓰지 않겠다고 다짐했어. 절대 이 어린 새싹들이 배씨 아래서 자신처럼 썩게 두고 싶지 않았거든.

장화와 홍련은 영주의 적극적인 지지 아래 바르게 자라났어. 영주를 빼닮아 지혜롭고 심성도 고왔으니, 동네 사람들은 모두 장화와 홍련의 성품을 칭찬했지. 그런데 몹쓸 인간들이 지혜로운 여자들을 가만두지 않았어.

그 고을에는 장화를 좋아해서 쫓아다니며 괴롭히던 장쇠란 놈이 있었지. 아, 이놈이 글쎄 장화를 괴롭히기 위해 어떤 흉계를 세웠냐 하면 말이야, 장화를 제 것으로 만들려면 배씨 집안에서 쫓겨나게 하면 될 것이라고 생각했나 봐. 장화를 모함에 빠뜨려 집에서 쫓겨나게 한 뒤, 갈 곳 없는 장화를 제집으로 데려올 계획을 세웠지.

장쇠는 배씨 집안 하인을 매수하기에 이르렀어. 그 하인은 글쎄 또 홍련을 사모하다 못해 괴롭힐 궁리를 하고 있었다지. 못된 마음을 품고 호시탐탐 홍련을 노리고 있는 가운데, 영주와 장화가 어린 홍련을 굳게 지키고 있으니 감히 추파를 던질 기회조차 노리지 못했어. 그러던 와중에 장화를 집안에서 내쫓을 방안을 장쇠가 알려주니 '옳다구나!' 하고 장화를 쫓아낼 흉계에 끼어들었겠지.

어느 그믐달이 지던 밤, 하인은 큰 들쥐를 잡아 털을 뽑고서는 장화와 홍련이가 자는 방에 몰래 들어가 장화의 이부자리 속에 넣었어. 그리고 아침이 밝자 들쥐 사체를 발견한 장화와 홍련이 깜짝 놀란 틈을 타 얼른 배씨를 불러 그 광경을 보게 했지. 또 집을 나와 온 동네방네 소문을 내고 다녔어.

"글쎄, 배씨네 첫째 딸이 부정을 저질러 몰래 죽은 아이를 낳았다지 뭐야."

하고 말이야. 고을에 소문이 돌기 시작하자 배씨는 두 번 돌아볼 새도 없었어. 장화와 홍련이가 하는 말은 귀에 담지도 않고 당장 장화에게 스스로 목숨을 끊으라고 명령했어. 고을 양반의 우두머리인 배씨는 자신의 이름에 먹칠을 하는 꼴은 두고 볼 수가 없었겠지. 배씨에게 딸자식의 안위는 그리 중요한 것이 아니었어.

큰 소동에 놀란 영주는 이내 들쥐 사체를 이리저리 들여다보고 그것이 아이의 시체가 아님을 단번에 알게 됐지. 장화와 홍련에게 자초지종을 들은 영주는 분명 누군가의 계략에 빠진 것임을 알아차렸어. 그러나 배씨가 영주의 설명을 곱게 들을 인물이 아니란 것을 알았기에 영주는 배씨에게 집안의 수치인 장화를 산속 연못에 빠뜨려 죽이겠다고 일렀어. 그러고는 팔 수 있는 하나 남은 패물과 입을 거리를 쥐여준 채 아들들을 시켜 장화를 몰래 산속 버려진 오두막으로 데리고 가게 했어. 영주의 곁에서 어엿한 어른으로 자란 아들 둘은 가엾은 이복동생 장화를 위해 시간이 날 때마다 필요한 물건들을 갖다 주었고, 홀로 오두막에서 외로이 지낼 장화를 위해 말동무도 되어주었지. 배씨는 사라진 장화는 신경도 쓰지 않은 채 고을 내에 돌고 있는 소문을 덮기에 급급했어.

영주는 장화를 안전하게 피신시키고 도대체 이 같은 흉계가 어찌 이루어진 것인지 몰래 알아봤어. 그 후 도리어 고을

에 소문을 내기 시작했지. 억울하게 연못에 빠져 죽은 장화의 혼령이 자신을 죽음에 빠뜨린 인간을 찾아 벌하려 한다는 소문을 말이야.

장화가 그저 집에서 쫓겨날 줄 알고 싱글벙글하고 있었던 장쇠와 하인은 장화가 연못에 빠져 죽었다는 소식과 장화의 혼령에 대한 소문을 듣고 잔뜩 겁에 질려 제 발로 영주를 찾아왔어. 영주에게 그저 자기들은 장화와 홍련을 사모하여 저지른 일이었을 뿐이라며 울고불고 손이 닳도록 빌어대는 꼴이 어찌나 가소롭던지. 영주는 당장 그 몹쓸 놈들을 잡아 따끔하게 벌을 주고 싶었지만 영주가 마땅히 이들을 벌할 수 있는 상황이 아니었어. 화가 났지만 섣불리 대응할 수 없었지. 영주는 이를 악물고 장쇠와 하인을 돌려보냈어. 장화의 혼령에 대한 두려움으로 계속 벌벌 떨도록 둔 채 말이야.

사랑하는 언니가 웬 남정네의 흉계에 빠져 산속 깊은 오두막에서 고생해야 한다는 사실에 홍련은 어처구니가 없었지만, 영주도 홍련도 그런 일을 겪고도 할 수 있는 일이 아무것도 없었어. 그래서 홍련은 독하게 공부하기로 결심했지. 몹쓸 짓을 하고 돌아다니는 이들을 제 손으로 올바르게 가르치기 위해서는 배씨의 손아귀에서 벗어나 힘을 가져야 한다고 생각했어. 과거를 치를 수 있는 나이가 되기까지는 일 년도 채 남지 않은 시간이었기에 홍련은 악착같이 공부했지.

과거를 보러 가는 길도 순탄하지 않았어. 배씨는 홍련이가 과거를 치를 것이라고는 꿈에도 생각하지 못했기에 영주가 새벽녘에 몰래 홍련을 과거 시험장에 보낸 사실을 알고서는 노발대발 화를 냈어. 홍련이가 과거 시험을 치르고 집으로 돌아오자, 자기 허락 없이는 영주와 홍련을 집 밖으로 나가지 못하게 했다지.

한편 과거 시험 이후 한양에서는 한바탕 소란이 벌어졌어. 뭇 남성들을 제치고 한낱 여인이 장원급제를 하였다는 소문 때문이었지. 여자가 과거에 응시할 수는 있다지만, 엄연히 지아비를 보필하는 역할에 소임을 다해야 할 텐데 어찌 큰 나랏일을 맡을 수 있겠냐며 조정의 대신들은 수군거렸어. 그런데 발 없는 말이 천리 간다더니 글쎄, 장원급제를 한 인물이 여인이라는 소식이 금세 온 한양에 퍼지기 시작했어. 그 여인이 대체 누구인지 모두가 궁금해하던 참이었는데 소문의 주인공 홍련은 자기가 장원급제를 한 사실조차 까마득히 모르고 있었지 뭐야. 장원급제를 하고도 보름이 넘도록 나라의 명을 받으러 오지 않고 감감무소식이니 백성들의 궁금증은 더해

질 수밖에. 급기야 과거에 급제한 인물들의 행방을 밝히라는 상소가 조정에 올라오기에 이르렀지. 결국 숱한 소문과 입방아를 잠재우기 위해 조정에서는 홍련이가 사는 고을로 직접 그를 찾아왔어. 그제서야 갇힌 영주와 홍련은 집 밖으로 나올 수 있었지.

그 길로 홍련은 어머니 영주와 오빠들, 그리고 장화를 데리고 한양으로 향했어. 한양에서는 홍련이에게 임금님을 보좌하는 높은 직책을 맡기려 하였지만 그는 한사코 마다하며 본래 살던 작은 고을의 원님으로 부임할 수 있게 해달라고 간청하였다지. 그렇게 홍련은 원님이 되어 금의환향했어.

고향으로 돌아온 홍련은 영주와 장화, 오빠들의 도움을 받아 고을을 지혜롭게 다스렸어. 홍련이의 성품을 일찍이 알고 있던 고을 사람들은 원님이 된 홍련이의 평화로운 다스림 아래 행복하게 살아갔지.

홍련이가 고을 수령이 되어 가장 먼저 했던 일은 고을을 어지럽히는 간사한 자들을 바로잡는 일이었어. 배씨와 장쇠, 하인이 그중에서도 가장 먼저 붙잡혀온 자들이었지. 배씨는 주어진 권세만 믿고 저보다 낮은 지위에 있는 사람들을 하찮게 여긴 죄를 깨닫도록 좌수직에서 쫓아버리고, 뒷간을 관리하는 일을 맡도록 명했어. 수령님이 된 홍련이 앞에 불려온 장쇠와 하인은 홍련이 옆에 서 있던 장화를 보고 벌을 받기도 전에 까무러쳐버렸다나 뭐라나.

장화와 홍련, 영주와 그 아들들이 보살피는 고을은 모든 주민들이 평등하고 평화롭게 산다고 널리 알려져 오랜 시간 동안 번영을 누렸다 전해지고 있어.

영주는 비록 자신이 과거를 치르고 관직에 오르지는 못했지만 그보다 더 값진 것을 해냈어. 딸들이 고난과 차별의 굴레를 끊고 나아갈 수 있도록 한 것이지. 세상을 밝힐 불꽃같은 존재인 장화와 홍련에게 영주는 스러지지 않고 피어날 수 있도록 지탱해주는 든든한 기둥이었어. 영주에게서 피어난 불꽃은 다시는 꺼지지 않고 큰 불길을 이루어 세상을 밝게 비출 거야.

《장화홍련전》을 비롯한 여러 옛이야기에서 계모는 매우 비상식적이고 부정적인 모습으로 그려진다. 덕분에 '계모'라는 단어를 마주하면 부정적인 느낌이 먼저 든다. 이 같은 고정관념을 타파하는 새로운 이야기를 쓰고 싶었다. 영주를 이야기의 중심으로 설정함으로써 왜곡된 수많은 여성의 삶을 다시 떠올리고자 했다. 더불어 옛이야기를 배경으로 썼지만 현대인의 삶과도 깊이 맞물려 있는 주제들을 꺼내보고자 하였다. 여성이 공적 영역에 진출할 기회가 주어졌음에도 불구하고 실제 여성이 사회에서 자리를 잡고, 목표하는 바를 이루고자 할 때는 여전히 수많은 제약이 존재한다. 배씨가 자행했듯, 교묘한 형태로 여성을 종속하고 억압하는 굴레가 끊임없이 재생산되기도 한다. 이렇듯 지금 이 땅에서도 성별을 이유로 차별받고 억압받는 그 누군가에게 자그마한 위로가 되기를 바라며 이야기를 써 내려갔다. 이 글을 읽고 있는 우리가 함께 가꿀 미래는 달라지기를 바라며.

여 섯 번 째 이 야 기

혹부리 영감

혹부리 영감 부인에게
도깨비가 준 선물

《혹부리 영감》 줄거리

옛날 어느 한 마을에 마음씨 고운 혹부리 영감과 마음씨 나쁜 혹부리 영감이 살고 있었다. 마음씨 고운 혹부리 영감은 주변의 평판이 좋았을 뿐 아니라, 노래도 매우 잘했다. 반면 마음씨 나쁜 혹부리 영감은 성질이 매우 고약했다. 그러던 어느 날, 마음씨 고운 혹부리 영감이 산에 올라갔는데 날씨가 급격히 나빠져서 이를 피하려다 동굴에 들어가게 된다. 동굴에서 도깨비를 만난 그는 도깨비들에게 노래를 불러준다. 도깨비들은 그의 혹이 노래의 비결이라 생각해 그의 혹을 떼어가고, 선물도 준다. 이 사실이 부러웠던 나쁜 혹부리 영감도 똑같이 산에 가서 도깨비들을 만난다. 하나 노래도 잘하지 못하고, 성격도 고약했던 영감은 결국 혹 하나를 더 붙인 채 마을로 돌아오게 된다.

✳

옛날 옛날 어느 마을에, 마음씨 고운 혹부리 영감과 마음씨 나쁜 혹부리 영감이 살았어. 마음씨 고운 혹부리 영감은 다른 사람들에게 친절할 뿐만 아니라 가족들에게도 정말 잘했다지. 매일 부지런히 집안 먼지도 치우고, 어떤 일을 하면 아이들과 부인이 좋아할까 늘 고민하여 행동하고. 가족들이 기뻐하는 모습을 보며 행복해하는 영감이었지. 주변에서도 인정할 만큼 정말이지 가정적이었어.

반면에 마음씨 나쁜 혹부리 영감은 어찌나 성격이 까칠하던지, 동네 사람들도 혀를 내두를 정도였지. 그의 부인은 밤낮으로 일하고, 또 일했지만 마음씨 나쁜 혹부리 영감은 손 하나 까딱하지 않고 소리만 버럭버럭 질러댈 뿐이었어. 마을에 도는 소문에 의하면 그는 걸핏하면 밥상을 걷어차고, 부인에게 손찌검하기도 했다더군.

그러던 어느 날이었어. 마음씨 고운 혹부리 영감은 사랑하는 부인과 아이들에게 맛있는 음식을 해주기 위해 산으로 요리 재료를 찾으러 나섰지. 평소와 다름없는 일상이었지만, 마음씨 고운 혹부리 영감은 더 특별하고 맛있는 재료를 찾기 위해 좀 더 높은 곳으로 올라갔어. 그런데 갑자기 하늘이 어두워지면서 천둥이 우르르 쾅쾅 쳐대지 뭐야? 당황한 영감은 주변을 살펴 어느 동굴 속으로 들어가게 되었어. 그 무서운 상황 속에서도 그는 부인과 아이들 걱정뿐이었어. 빨리 집으로 돌아가기 위해 영감은 비가 어서 그치고 날이 풀리기를 기도했지만, 날씨는 전혀 좋아질 기미를 보이지 않았어. 걱정하고 있을 부인이 눈에 밟혔지만 어쩔 수 없기에 영감은 동굴에서 밤을 보내기로 했지. 내일 아침 해가 뜨자마자 집으로 가서 자초지종을 말해야겠다고 생각했어. 그렇게 영감은 잠이 들었어.

얼마쯤 지났을까. 주변은 어스름하니 어둑어둑하고, 빗소리는 투둑- 투둑- 들리는데 그 사이로 여러 말소리가 들리는 거야. 깜짝 놀란 영감은 벌떡 일어나 슬며시 동굴 밖을 내다보았지. 그랬더니 도깨비 여럿이 노래를 부르고 춤을 추며 흥겹게 놀고 있는 것 아니겠어? 영감은 당황해서 모른 체하려 했으나, 그들의 노랫소리와 웃음소리에 흥이 나서 도무지 가만히 있을 수가 없었지. 영감은 그들에게로 가서 함께 덩실덩실 춤을 추며 놀았어.

한참을 그렇게 정신없이 춤을 추다 영감을 발견한 도깨비들은 그를 신기해했지. 인간을 실제로 본 것이 처음이었거든. 그래서 그들은 영감에게 인간세계의 삶에 대해 들려달라고 했어. 영감은 사랑하는 부인과 아이들, 그들과 함께 보내는 소박하지만 행복한 하루하루에 대해 이야기해주었어. 그러고는 그들에게 요리를 대접해주겠다고 했지.

그렇게 영감은 도깨비들을 위해 맛있는 음식을 만들고 또 만들었어. 그도 밤새 노래를 부르고 춤추며 이야기를 했더니 배가 몹시 고팠거든. 재료가 변변치 않았는데도 영감이 평소에 요리를 얼마나 잘했던지 음식에서 빛이 나는 것만 같았어. 도깨비들은 밤새 영감과 음식을 먹으며 춤을 추고 이런저런 이야기들을 나누었지. 그러고는 영감의 재능과 부인을 사랑하는 마음에 감복하고 말았어.

도깨비들은 그의 행실과 음식 솜씨에 감동하여 그에게 선물을 주고 싶었어. 그래서 영감에게 원하는 것이 있냐고 물어보았지. 그는 다른 것은 필요 없고 가족들이 끼니 걱정 없이 따뜻하고 배부르게 올겨울을 지낼 수 있기를 바란다고 했어. 도깨비들은 영감의 따뜻하고 착한 마음씨에 다시금 놀라며 그에게 평생 걱정 없이 지낼 수 있을 만큼의 금은보화를 주고, 더불어 얼굴에 붙어 있던 혹도 떼주었지.

영감은 얼굴의 혹도 떼어졌겠다, 금은보화도 얻었겠다, 신이 나서 마을로 달려갔어. 마을 사람들은 다들 깜짝 놀랐지. 어제 산에 올라간 사람이 소식도 없다가, 갑자기 혹이 떼어진 훤칠한 얼굴로 양손 가득 금은보화를 가지고 내려오니 말이야. 그가 집에 도착해 곳간을 열어보니 그곳까지 쌀과 온갖 음식재료가 가득 차 있었지.

영감은 도깨비들에게 감사함을 느끼며, 이 기쁨을 다 함께 나누어야겠다고 생각했어. 그래서 마을 사람들을 모두 모아 잔치를 열었지. 도깨비가 선물로 준 각종 재료로 차린 맛있는 음식을 나누어 먹으며 영감은 어제 겪었던 일을 마을 사람들에게 들려주었어. 마을 사람들 대부분은 평소 영감의 행실 덕이라고 생각했지만, 심술궂은 혹부리 영감은 샘이 났지. 그는 이렇게 생각했어.

'흥, 나도 도깨비들을 찾아가서 내 혹을 떼어내고 말겠어!'

그 다음 날 심술궂은 혹부리 영감도 산에 올라갔어. 정말 신기하게도 영감이 동굴이 있는 곳 즈음까지 산에 올랐을 때 딱 어제처럼 비가 마구 쏟아지는 거야. 영감은 나도 혹을 뗄 수 있겠구나 하는 생각에 신이 났지. 비가 오는 것까지 똑같으니 말이야! 영감은 근처 동굴로 들어갔어. 그러고는 잠도 자지 않은 채 도깨비들을 기다렸지.

그렇게 기다리다, 기다리다 눈이 감길 때쯤, 동굴 밖에서 도깨비들이 모이는 소리가 났어. 심술궂은 영감은 이때다 싶어서 후다닥 달려 나가 도깨비들에게 말을 걸었지. 도깨비들은 깜짝 놀랐어. 처음 보는 혹부리 영감이 마치 자신들을 기다리고 있었다는 듯이 동굴에서 나오니 말이야. 그래서 도깨비들은 영감에게

"여기는 어떻게 알고 왔나?"

라고 물었지. 영감은 성급했던 나머지, 자신의 혹도 당장 떼어 달라고 평소 하던 대로 도깨비들에게 고래고래 소리를 질렀어.

"어제 다른 영감의 혹을 떼어준 것처럼 내 혹도 당장 떼어 주시오!"

도깨비들은 그의 무례한 태도가 몹시 당황스러웠고 화가 났지만, 영감의 사정을 한번 들어보기로 했어. 그래서 그의 이야기를 들려달라고 했지. 심술궂은 혹부리 영감은 자신의 행실이 잘못되었다는 생각을 해본 적이 없었기에 부끄러운 줄도 모르고 평소 자신의 행실과 찾아온 이유에 대해 술술 털어놓았어.

혹부리 영감: 혹부리 영감 부인에게 도깨비가 준 선물

이야기를 듣는 내내 도깨비들은 점점 더 화가 났지. 더군다나 어제 만났던 착하디착한 혹부리 영감과는 너무나도 달랐기에 도깨비들은 그의 행동에 더 기가 찰 수밖에 없었어. 영감이 마치 자랑이라도 하듯 부인이 차려준 밥과 반찬이 마음에 들지 않아 상을 엎어버렸다는 이야기를 떠벌리자, 참다 못한 도깨비 하나가 그만하라고 소리치며 어제 착한 영감에게서 떼었던 혹을 나쁜 영감의 다른 쪽 볼에 척- 붙여버렸지. 네 행실을 돌아보고 반성하라면서 말이야. 그러고는 사라져버렸어.

영감은 여전히 자신이 무엇을 잘못했는지 모른 채, 도깨비들이 자신에게 혹을 하나 더 붙였다는 사실에 화가 잔뜩 났어. 혹을 떼러 찾아왔는데 결국 혹이 두 개가 되어버렸으니 말이야. 영감은 분을 이기지 못한 채 마을로 내려와서는 집에 들어가 고래고래 소리를 질렀지. 부인은 '저 영감이 또 시작이구나' 하고 생각하고는 한숨을 쉬었어. 그러던 그때, 영감이 갑자기 새로 생긴 혹을 쥐고 데굴데굴 구르는 것 아니겠어?

사실 새로 붙여진 혹에는 부인과 아이들, 그리고 주변 사람들에게 함부로 대할 때마다 참을 수 없을 정도로 아파지는

주술이 걸려 있었지. 영감은 이제 예전처럼 부인에게 마구잡이로 행동할 수 없었고 마을 사람들에게 함부로 말할 수도 없었어. 평소 같았으면 별일 아닌 것으로도 트집을 잡았을 양반이 그걸 참으려니 얼마나 힘들었겠어? 결국 영감은 개과천선하지 못하고 화병으로 얼마 안 되어 죽고 말았어. 사람은 쉽게 변하지 않는 모양이야. 그의 부인은 그 후 자식들과 함께 행복하게 살았대. 어쩌면 이것도 도깨비가 그의 부인에게 준 선물이었는지 몰라.

———— 글쓴이의 말 ————

전래동화를 떠올렸을 때 실상 바람직한 남성상은 별로 없는 듯
하다. 여성은 지혜롭게 등장해도 주목받지 못하는 반면, 남성은
딱히 현명하지 않아도 주목받고 기억된다. 그런 의미에서 이 이
야기를 통해 바람직한 남성상을 재현해보고자 했다. '혹부리 영
감 이야기' 혹은 '혹 떼러 간 사나이 이야기'라고 일컬어지는 이
이야기는 본래부터 그 주요 등장인물이 착한 혹부리 영감과 나
쁜 혹부리 영감이다. 글쓴이는 여기에 착한 영감에게는 가정적
이고 따뜻한 이미지를, 나쁜 영감에게는 가부장적이고 권위적
인 이미지를 새롭게 부여했다.

　요즘은 시대가 바뀌면서 가사노동은 여성의 몫만이 아니고,
남성 혼자 경제력에 대한 부담을 질 필요가 없으며, 여남 성별
구애 없이 동일한 노동에는 동일한 임금을 받아야 한다는 생각
들이 조금씩 받아들여지고 있다. 그러나 아직까지도 여성은 가
정적이어야 하고, 남성은 그렇지 않아도 된다는 인식이 강하게
잔존하고 있다. 여전히 '가정적인 남편'은 남성성이 결여된 남성
으로 배척되고, 남성이라는 이유로 가정에서 손 하나 까딱하지
않고 여성의 가사노동을 당연시하는 남성들은 자연스러운 존재

로 받아들여진다.

따라서 우리는 새로운 이야기 속 착한 영감을 통해 수직적이지 않고 평등한 부부관계를 보여주고자 했다. 서로를 존중하고 배려하는 부부의 모습은 너무나도 당연해 보이지만 이상과 현실의 간극은 크다. 이 글의 혹부리 영감처럼 전래동화 속 남성들이 시대의 변화에 맞게 새롭고 다양하게 재해석되어 남성들에게도 더 많은 바람직한 인물상이 제시될 수 있기를 바란다.

일곱 번째 이야기

콩쥐팥쥐전

어여쁜 꽃신의
주인은 누구였을까?

《콩쥐팥쥐전》 줄거리

옛날 옛적, 콩쥐라는 어여쁜 아이가 살았는데 어릴 때 어머니를 여의고, 아버지의 후처로 계모 배씨가 제 딸 팥쥐를 데리고 집에 들어왔다. 계모는 콩쥐를 구박하고 팥쥐만을 아꼈다. 어느 날은 계모가 팥쥐를 데리고 잔치에 가면서 콩쥐에게 일을 시켰다. 콩쥐는 하늘의 도움을 받아 일을 마치고 잔치에 가던 도중에 원님 행차를 피하다가 신발 한 짝을 빠뜨린다. 원님이 신발의 임자를 찾아 콩쥐를 찾아오고, 콩쥐에게 청혼한다. 혼인 후 원님은 계모와 팥쥐에게 함부로 문을 열어주지 말라고 콩쥐에게 당부를 하고 일하러 떠나지만, 콩쥐는 팥쥐의 계략에 넘어가 팥쥐를 따라간다. 팥쥐는 콩쥐를 유인하여 연못에 밀어 넣어 죽이고, 콩쥐 행세를 한다. 죽은 콩쥐의 혼이 원님을 다시 찾아가 자초지종을 밝히고, 계모와 팥쥐는 벌을 받는다.

옛날 옛적 태평성대를 누리던 나라에서 거리를 떠돌던 이야기를 하나 해줄게. 어느 작은 고을에 살던 콩쥐라는 아이의 이야기란다. 콩쥐는 일찍이 제 아비를 여의고 새로 집안에 들어온 아범 배씨와 함께 살게 되었다고 해. 그런데 배씨는 콩쥐만 한 제 자식을 하나 데리고 들어와서는 제 자식만 오냐 오냐 키우고, 콩쥐에게는 하찮은 것에도 트집을 잡으며 구박하기 일쑤였지. 부인이 일하러 나가면 어김없이 콩쥐를 불러다가 온갖 집안일을 시켜댔어. 그뿐이겠어? 어여쁘고 마음씨 착한 콩쥐는 마을 어디를 가도 사랑받았는데, 못생기고 성질 고약한 팥쥐는 미움을 받자 배씨는 질투심에 눈이 멀어 더욱 콩쥐를 괴롭혔다지 뭐야.

어느 날은 배씨가 콩쥐와 팥쥐에게 밭을 갈아놓으라고 시키더군. 드디어 팥쥐와 콩쥐에게 똑같이 일을 시키나 싶었더니, 아, 그럼 그렇지, 팥쥐에게는 고작 한 뼘이나 될까 하는 밭을 갈아놓으라며 쇠 호미를 쥐여주고 콩쥐에게는 나머지를 전부 갈아놓으라며 끝이 다 갈라진 나무 호미를 던져주는 게 아니겠어?

아니나 다를까, 밭을 갈기 시작한 지 얼마 지나지 않아 콩쥐의 나무 호미는 툭 하고 부러져버렸어. 서러운 콩쥐는 그만 주저앉아 엉엉 울고 말았지. 하늘도 그런 콩쥐를 딱히 여겼는지 별안간 하늘에서 번쩍 빛이 내리쬐더니 새까만 소가 콩쥐 앞에 나타났어. 검은 소는 눈 깜짝할 새에 밭을 모두 갈아버리고는 콩쥐를 어르고 달래며 달콤한 과일을 손에 잔뜩 쥐여주었어. 콩쥐는 신이 나서 과일을 손에 쥐고 집으로 향했지. 가족들과 맛있는 과일을 나누어 먹을 요량으로 말이야.

시원한 그늘에 누워 게으름을 피우고 있던 팥쥐는 그 모습을 발견하고는 안달이 나서 그제야 밭을 갈기 시작했어. 그러면 무얼 하나, 쇠 호미를 쥐었다 한들 손에 물 한 번 묻혀 본 적 없는 팥쥐가 무슨 수로 밭을 갈겠어. 집으로 돌아온 콩쥐가 과일을 가득 안고 있는 모습을 본 배씨는 놀라 뒤로 자빠질 판이었지. 콩쥐는 검은 소가 밭일을 도와주고 과일을 주었다며 자초지종을 이야기했지만 배씨는 콩쥐의 말을 믿지 않았어. 도리어 제까짓 게 그 짧은 시간에 어떻게 밭을 모두 갈고 과일을 구해왔겠냐고 콩쥐를 다그쳤어. 밭일하기 싫어서 거짓말을 하는 게 아니냐, 과일은 대체 어디에서 훔쳐온 것이냐, 고래고래 소리를 질러댔지.

얼굴이 시뻘게져서 고함을 치는 배씨나 그 옆에서 고소하다며 낄낄대는 팥쥐나 아주 볼만했어. 결국 가엾은 콩쥐는 맛있는 과일을 모두 빼앗긴 채 거짓말을 한 죄로 밤새 벌을 받았지 뭐야. 어여쁜 콩쥐를 향한 배씨와 팥쥐의 질투와 구박은 그 이후에도 끊이질 않았어. 지나가던 동네 사람들도 혀를 끌끌 찰 정도였지.

그러던 어느 날이었어. 임금님 생신이라 나라에서 큰 잔치가 열렸지. 일 년에 한 번 있는 큰 잔치라 어른이건 아이이건 할 것 없이, 양반이건 천민이건 할 것 없이 모든 백성이 배부르게 먹고 마실 수 있는 잔치였어. 잔치가 열리는 한양은 콩쥐가 사는 작은 고을에서 오십 리나 떨어져 있어서 이른 아침 길을 나서야 잔치 밥을 얻어먹을 수 있었지.

콩쥐는 잔치에 갈 생각에 마음이 부풀어 꼭두새벽부터 예쁘게 단장을 했어. 그런데 이게 웬일이야. 배씨가 팥쥐만 데리고 나서며 콩쥐에게 하는 말이, 잔치에 오고 싶거든 피 닷 말을 찧어놓고 커다란 독에 물을 가득 채워놓고 오라는 거야. 배씨의 마음씨가 얼마나 고약한지 알만하지. 하지만 콩쥐는 개의치 않았어. 평소에 하도 집안일을 도맡아 했던 터라 그쯤이면 금방 해놓을 수 있을 거라 생각했지.

배씨와 팥쥐가 어울리지도 않게 분을 잔뜩 바르고 곱게 머리를 빗어 올리고 살랑살랑 길을 나서는 모습을 지켜보던 콩쥐는 저도 잔치에 갈 생각에 커다란 독에 얼른 물을 채워 넣기 시작했어. 그런데 콩쥐가 물을 길어 계속 날라도 물이 한 바닥도 채워지지 않는 게 아니겠어. 이게 어찌 된 일일까 싶어 독을 이리저리 살펴보니 독 아래에 두꺼비 크기만 한 구멍이 뻥 뚫려 있지 뭐야. 그럼 그렇지, 배씨가 콩쥐를 그냥 잔치에 보낼 리가 없지. 마음씨 여린 콩쥐는 그저 주저앉아 울기밖에 더 하겠어.

그때였어. 어디선가 "두껍~ 두껍~" 울음소리가 들리더니 딱 독에 뚫린 구멍만 한 크기의 두꺼비가 콩쥐 앞에 모습을 드러냈지. 그러고서는 하는 말이,

"콩쥐야, 콩쥐야, 아리따운 콩쥐 아가야. 내가 저 구멍을 막아줄게. 너는 어서 물을 가득 채워놓고 잔치에 가렴."

하는 게 아니겠어. 콩쥐는 이게 꿈인가 싶으면서도 얼른 물을 길어 나르기 시작했어. 두꺼비가 구멍을 꼭 막아주니 더 이상 물이 독 밖으로 흘러나오지 않았지. 아, 그뿐이겠어. 별안간 하늘에서 새떼가 날아들더니 콩쥐 앞에 다가와 말을 걸었어.

"콩쥐야, 콩쥐야, 아리따운 콩쥐 아가야. 우리가 저 피를 모두 찧어줄게. 어서 예쁘게 차려입고 잔치에 가려무나."

콩쥐는 잔치에 갈 수 있다는 생각에 너무 기뻤지만 이내 머뭇거렸어. 기쁜 마음도 잠시, 다 떨어져가는 허름한 옷을 걸치고 있는 제 모습이 부끄러웠기 때문이지. 콩쥐는 서럽고 속상한 마음에 콩알만 한 눈물을 뚝뚝 떨어뜨렸단다. 그 모습을 하늘에서도 보고 있었던지 하늘에서 또 한 번 번쩍하고 빛이 내리쬐더니 이번엔 웬 수소가 하늘에서 내려와 콩쥐에게 고운 옷 한 벌과 꽃신을 가져다주며 어서 잔치에 가보라고 이르고 사라졌어.

콩쥐는 기뻐하며 곱게 옷을 차려입고 꽃신을 신고 집을 나섰지. 십 리나 갔을까, 잔치에 가던 콩쥐는 저 멀리서 오던 화려한 행차를 맞닥뜨리게 되었어. 가만 보니 콩쥐가 살던 고을의 원님을 모시고 돌아오던 행차가 아니겠어. 좁은 고을 길을 가득 차지하는 행차를 피하다가 콩쥐는 그만 길옆 도랑에 꽃신 한 짝을 빠뜨리고 말았어. 원님이 그 모습을 보고 하인들에게 일러 말하였지.

"여봐라, 저기 저 어여쁜 아이가 신을 떨어뜨렸구나. 누가 가서 신발을 건져오너라."

그런데 콩쥐는 저에게로 향한 눈이 부끄러웠던지, 아주 냅다 도망을 쳐서 그 거리를 빠져나왔지 뭐야. 벗겨진 꽃신 한 짝은 내팽개쳐둔 채 말이야. 원님은 그런 콩쥐를 보고 의아해했지. 그런데 콩쥐의 미모가 어찌나 빼어나던지 원님은 그 모습에 반해버리고 말았어. 원님은 곧장 콩쥐가 어떤 아이인지 수소문을 하였지.

한편 마침내 잔치에 이르러 재미나게 놀던 콩쥐는 배씨와 팥쥐가 저를 발견하고 또 무슨 트집을 잡을까 두려워 얼른 집으로 향했어. 배씨와 팥쥐는 콩쥐가 잔치에 왔던 사실을 까맣게 모른 채 흥에 취해 밤늦게 집으로 돌아와 뻗어버렸지.

다음 날, 이른 아침부터 원님 행차가 고을을 들쑤시고 다니는 소리에 콩쥐는 잠에서 깼어. 배씨와 팥쥐도 이게 무슨 일인가 싶어 옷고름도 풀어헤친 채 달려 나왔지. 그때 원님이 콩쥐네 집에 행차하였어. 어여쁜 꽃신 한 짝을 들고 말이야. 꽃신의 주인을 찾아왔노라 하는 원님의 우렁찬 목소리에 어안이 벙벙하던 배씨와 팥쥐는 이내 자기가 꽃신의 주인이라며 떼를 썼어. 하지만 그 흉한 발에 꽃신이 맞을 리 있나.

원님은 콩쥐에게 다가가 꽃신을 신어보라 하였지. 신발은 태어날 때부터 제 것인 양 콩쥐의 발에 꼭 맞아떨어졌어. 원

님은 매우 기뻐하고는 콩쥐에게 한눈에 반했다며 혼례를 치르자 하였고, 콩쥐는 못 이기는 척 원님의 청혼을 덥석 받아들였지. 이때 배씨와 팥쥐의 표정을 봤어야 하는데 말이야.

콩쥐는 원님과 성대하게 혼례를 치르고 드디어 배씨의 손아귀에서 벗어나 행복한 삶을 살게 되나 싶었어. 그래, 그랬으면 좀 좋았을까. 원님은 그동안 콩쥐가 배씨와 팥쥐에게서 심한 구박을 받아온 것을 알고 있었지만 마음씨 착한 콩쥐의 간곡한 부탁에 벌을 주지 않고 내버려두기로 했어. 하지만 원님은 질투심에 눈이 먼 배씨와 팥쥐가 언제 콩쥐를 찾아와 괴롭힐지 모른다고 생각했어. 멀리 행차를 갈 때면 콩쥐에게 절대 배씨와 팥쥐에게 함부로 대문을 열어주지 말라며 신신당부했지. 그러나 착하고 어리석은 콩쥐는 원님과 한 약조를 지키지 못했어.

어느 날 원님이 멀리 한양으로 일을 하러 떠난 사이에 팥쥐가 찾아와 대문을 두드렸지. 팥쥐는 곧 어머니가 앓아 죽을 지경에 이르렀다며 같이 집으로 가서 병시중을 들자고 간곡히 부탁하였지. 콩쥐는 어머니가 아프다는 소식에 눈물이 그렁그렁 고여 대문을 열고 팥쥐를 따라나섰어. 팥쥐는 한시가 급하니 지름길로 가자며 콩쥐를 깊은 산속 연못가로 이끌었고, 연못가에 다다른 순간 냅다 콩쥐를 연못에 밀어버렸지.
콩쥐는 무슨 수도 써보지 못한 채 그대로 연못에 빠져 죽고
말았어. 하늘이 곡할 노릇이었지.

　가만, 이게 끝이 아니라네. 억울한 콩쥐를 죽음에 빠뜨린
팥쥐는 반성하기는커녕, 다시 원님의 집으로 돌아가 콩쥐 행
세를 하기 시작하는 게 아니겠어. 멀리 한양 행차를 마치고
돌아온 원님이 집으로 돌아와 콩쥐 행세를 하던 팥쥐를 맞닥
뜨리고 의아해 말을 걸었어.

　"아니, 대체 내가 한양에 가 있는 며칠 동안 무슨 일이 있
었던 게요? 얼굴이 왜 그렇게 얽었소?"

　하자 팥쥐는,

　"길바닥에서 넘어져서 그렇소이다."

　라고 대답했지. 또 원님이

　"목소리가 왜 이렇게 걸걸해졌소?"

　하고 묻자,

　"아이고, 부인이 일을 나가 있는 동안 언제 돌아오나 하는
걱정에 목이 매여 지냈더니 그렇소."

　했더라지.

　팥쥐가 그렇게 콩쥐 행세를 하는 새, 콩쥐가 빠져 죽은 연

못에서는 분홍빛 연꽃이 피어났어. 어느 날 원님이 산책하며 연못가를 거닐다 그 꽃을 발견하고는 콩쥐의 꽃신이 떠올라 꽃을 조심스레 꺾어다 집으로 가져와 안방 문 앞에 걸어놓았지. 그런데 이 꽃이 말이야, 원님이 방문을 지나갈 때면 활짝 피었다가 팥쥐가 지나갈 때면 금세 시들어버리고는 마른 꽃잎으로 팥쥐의 머리를 마구 할퀴어대는 게 아니겠어. 팥쥐는 분에 차서 꽃을 떼어다가 부엌 아궁이에 냅다 던져버렸지.

며칠 후 이웃집 할아범이 원님 집에 불을 얻으러 왔다가 부엌에서 웬 어여쁜 구슬이 나뒹구는 것을 발견하고는 몰래 자기 집으로 가져왔어. 할아범이 구슬을 윤이 나게 닦고 문지르자 구슬에서 콩쥐의 혼이 나와 할아범에게 자초지종을 설명하는 게 아니겠어. 부디 원님에게 이 사실을 모두 전해달라고 간곡히 부탁하였지.

사연을 듣고 콩쥐를 가엾게 여긴 할아범은 며칠 후 불을 빌려준 것에 보답하겠다는 핑계로 원님을 집으로 초대하여 음식을 대접하기로 했어. 할아범은 콩쥐의 꾀에 따라 원님의 상에 젓가락을 짝짝이로 놓았어. 아, 높은 자리에 있는 저에게 이게 무슨 대접인가 싶었던 원님은 젓가락이 짝짝이라고 불평했지. 그랬더니 방구석에 놓인 구슬에서 다시 콩쥐의 혼이 살아나 원님을 다그쳤어.

"이 사람아, 젓가락이 짝짝인 것은 알면서 남편 바뀐 건 모르오."

뒤로 자빠질 만큼 놀란 원님은 어여쁜 남편의 혼이 억울함에 가득 차 설명하는 자초지종을 듣고 분개했어. 그 길로 원님은 집을 나서 연못에 빠진 콩쥐의 시신을 찾아 장사를 지내고는 배씨와 팥쥐를 찾아다 죄를 물었어. 제 죄가 얼마나 악독한 것인지는 아는지 배씨와 팥쥐는 두려움에 벌벌 떨었지. 원님은 다시는 이 고을에 배씨와 팥쥐 같은 악독한 남정네가 기를 펴지 못하도록 하겠다며 곤장 백 대를 친 후 배씨와 팥쥐를 멀리 섬마을로 귀양 보내버렸지. 그때부터 매년 고을에서는 불쌍한 콩쥐를 기리는 제사가 치러졌단다.

전래동화의 가장 큰 문제점 중 하나는 너무도 당연하게 성별 역할과 편견을 고착화시킨다는 점이다. 원작에서는 의심의 여지도 없이 콩쥐와 팥쥐는 여자이고, 원님은 남자이다. 전래동화는 우리로 하여금 그 편견과 차별의 굴레를 아무 문제의식 없이 받아들이고, 삶 속에서 그 내용을 무의식적으로 떠올리도록 만든다. 그 결과 '계모'라는 단어를 마주하면 부정적인 생각이 먼저 떠오른다. 콩쥐나 팥쥐처럼 행동하는 사람은 당연히 여자이고, 원님을 비롯하여 높은 지위에 있는 사람은 의심의 여지도 없이 남자라고 생각하게 된다.

　여성의 외모에 대한 평가가 기존의 한국 전래동화에 당연한 듯 포함되어 있다는 점도 짚어보아야 한다. 여자는 어여쁜 외모를 가져야 사회적으로 인정받거나 덕이 있는 사람으로 칭송받고, 반대로 남(자)들이 보기에 못생긴 외모를 가진 여자는 추하고 악독한 사람으로 그려진다. 또한 역설적으로 남(자)들이 어떤 여자를 비판하고 싶다면 어김없이 그 여자는 '못생긴 여자'로 불리게 된다. 이러한 여성의 외모에 대한 극심한 평가는 현대까지 그대로 이어져 우리 사회에서 흔히 접할 수 있는 이야기의 소재

가 된다. 앞으로 모든 창작물에서 등장인물을 어떻게 표현할 것
인지 절실히 고민해봐야 하는 이유다.

박씨전

박씨가 벗은
마음의 허물

《박씨전》 줄거리

조선의 선비 이득춘은 금강산에 사는 신선 박처사의 신통함을 알아본 후 사돈을 맺자고 제안한다. 이에 박처사의 딸 박씨가 이득춘의 아들 이시백과 혼인한 후 그의 집으로 들어간다. 그러나 박씨의 흉한 용모를 보고 이시백을 비롯한 집안사람들이 멸시하며 박대하자, 박씨는 이득춘에게 부탁하여 후원에 피화당을 짓고 홀로 지낸다. 박씨는 홀로 지내면서도 자신의 신통한 재주로 이득춘을 돕거나 집안의 재산을 불린다. 어느 날 박처사가 때가 되었음을 알리자 박씨는 허물을 벗고 아름다운 용모로 거듭난다. 이시백은 그제야 자신의 죄를 뉘우치고, 박씨는 집안 식구들에게도 인정받는다. 이후 박씨는 청나라에서 보낸 자객을 무찌를 뿐 아니라, 특유의 능력으로 청나라의 침입을 내다보고 용울대와 용골대를 무찔러 집안사람들을 보호한다. 또한 인질로 잡혀가는 여인들에게 다시 돌아올 수 있음을 알려주며 위로한다. 이후 박씨는 청나라를 물리친 공으로 임금으로부터 정렬부인의 칭호를 받고, 이시백과 함께 백성들을 돌보며 행복한 여생을 보낸다.

"때가 되면 허물을 벗고 본 모습을 되찾을 것이다."

박씨는 항상 아버지의 말을 되새겼어. 혼인 전날 밤, 신선인 아버지가 자신을 불러다 넌지시 일러준 말이었지. 혼인 첫날부터 박씨의 남편과 집안사람들은 박씨를 두고 저리도 볼품없이 생겼다며 실망을 감추지 못하였어. 세간 사람들이 말하기를 박씨의 생김새가 몹시 박색인 탓이라고 했어. 신선의 딸과 혼인한다는 사실에 선녀 같은 아내를 맞이할 것이라 기대했던 남편 이시백은 박씨와 한방에 드는 것조차 꺼렸고, 다른 식구는 물론이고 동네 사람들까지 박씨를 비웃기 일쑤였지. 박씨를 보듬으며 집안 식구들의 어리석음을 대신 사과하는 사람은 시어머니뿐이었어. 언제나 박씨는 시어머니의 사과에 이렇게 답하였지.

"다 저의 덕이 부족한 탓입니다. 언젠가 제가 허물을 벗을 날이 필히 올 것입니다."

박씨는 자신의 못난 얼굴을 자책하며 허물을 벗고 새로운 모습으로 태어나기를 간절히 바랐어. 덕을 쌓다 보면 아버지가 말씀하신 '때'가 당도할 것이고, 그 후에는 집안사람들의 미움을 받지 않고 당당하게 살게 되리라 꿈꾸었지. 그리하여 박씨는 사람들의 박대로부터 벗어나 덕을 쌓고 허물을 벗기 위해 인적이 드문 어느 작은 산속 동굴로 몸을 피하기에 이르렀어. 박씨는 이내 그곳을 '피화당'이라 칭하고 세상으로부터 스스로를 숨겼지.

집안사람들의 구박을 면할 수 있는 피화당은 박씨에게 한동안 평화로움을 선사하였으나, 이내 쓸쓸함과 외로움 그리고 적막감이 그를 감쌌어. 박씨가 의지할 곳은 오로지 자신뿐이었지. 처음에는 시집 식구들을 이해하고, 그들의 기대를 충족시키지 못했음을 자책하는 나날을 보냈으나, 이내 그는 자신에게 되묻기 시작했어. 그러자 혼인하기 전, 아버지와 신선들이 함께하였던 저 깊은 산골짜기 속 안개가 자욱한 마을에서는 그 누구도 자신을 이렇게 박하게 대하지 않았다는 생각이 떠올랐지.

'이것이 다 나의 못난 얼굴 탓이란 말인가.'

박씨는 어처구니가 없다 느끼면서도 한 편으로는 자신이 아름다웠다면 좋았으리라는 한탄과 함께, 언젠가는 허물을 벗고 아름답게 변할 것이라는 희망을 놓지 않았어.

피화당에 머무른 지 얼마나 되었을까, 인적 드문 동굴 밖에서 낯선 말소리가 들려왔어. 나물과 약초를 캐러 온 여인들이었어. 산 너머 옆 마을에서 왔다는 여인들은 박씨에게 친근하게 말을 걸었지.

"이 산속에서 혼자 살아가고 계시오? 이리 와서 우리와 함께 말동무라도 해주시지요."

피화당에 머무는 동안 자신의 모습을 부끄러워하지 말자고 수없이 다짐해왔건만, 오랜만에 보는 세상 사람들 앞에서 박씨는 한없이 작아지고 말았어. 그는 민망해하며 자꾸만 얼굴을 가리려 하였지. 여인들은 그런 박씨의 모습에도 개의치 않은 듯 스스럼없이 다가와 요깃거리를 건네고, 박씨에게 이런저런 이야기도 해주었어. 박씨는 자신의 박한 외모에도 놀라지 않고, 도리어 거리낌 없이 말을 거는 여인들이 낯설어 고개를 숙일 따름이었어.

다음 날에도 피화당 바깥에서는 두런대는 말소리가 일었어. 이 근방의 약초나 나물은 어제 다 거두어갔을 텐데도, 여인들은 일부러 동굴 근처까지 다시 찾아와 주었지. 이를 알아챈 박씨는 고마운 마음에 선뜻 말을 건넸어.

"제가 이곳에서 오랜 시간 머물다 보니, 먹기 좋은 나물과 효험이 뛰어난 약초가 많은 곳을 더러 압니다. 괜찮으시다면

제가 안내해드리지요."

이렇게 박씨가 길잡이가 되어 다 함께 산속을 누비고 다니는 날이 몇 날 며칠이고 계속되었어.

하루는 나물을 캐던 여인들이 목이 마르다기에 박씨가 평소 몸을 씻거나 목을 축이던 개울가로 그들을 데려갔어. 여인들은 잠시 물을 떠 마시더니, 세수를 하며 땀을 식히기도 하였어. 그러나 박씨만은 저 멀리 떨어져 앉아 그들을 보며 옅은 미소를 짓고 있을 뿐이었지. 여인들은 홀로 떨어져 앉은 박씨를 소리쳐 불렀어.

"덥지 않으시오? 같이 와서 세수도 하고 물도 마셔요."

"괜찮소이다. 저는 여기 있는 게 편합니다."

한 여인이 장난스럽게 웃더니 박씨에게 다가와 그를 잡아 끌었어. 마지못해 그 손에 이끌린 박씨는 이내 여인들과 함께 목도 축이고 물장구도 치며 재미있게 놀았어. 그렇게 얼마나 놀았을까, 저도 모르게 여인들과 함께 웃던 박씨는 가만히 물 위를 바라보았지. 개울물에 비친 자신의 얼굴 옆에 다른 여인들의 얼굴도 함께 비쳤어. 개울물을 바라보며 그 누구도 별다른 말을 내뱉지 않았어. 그저 물가에 비친 서로의 얼굴을 바라보며 크게 웃음 짓고 있을 뿐이었지. 그러나 박씨는 더 이상 얼굴이 비치지 않도록, 손으로 물을 흐트러뜨리고 말았어.

이내 소매를 끌어올려 황급히 얼굴을 덮으며 박씨는 말하였지.

"보기 싫지 않습니까?"

"뭘 말이요?"

"제 얼굴 말입니다. 시집 식구들도, 동네 사람들도 저를 바라보기 꺼렸습니다. 제 아버지께서는 언젠가 때가 되면 허물을 벗을 것이라 하셨지요. 저는 덕을 쌓아 이 흉측한 껍데기를 벗을 날만을 기다리고 있답니다."

"그게 무슨 말입니까? 그런 생각일랑 하지 말아요. 껍데기는 껍데기일 뿐이지 않겠습니까? 약초를 찾아 헤매던 우리의 길을 이끈 것이 어디 당신의 껍데기였습니까? 목마른 우리에게 물 한 모금 건넨 것이 어디 허울뿐인 껍데기였습니까? 당신의 어느 부분이 허물에 불과한 것인지는 당최 모르겠습니다만, 우리 눈에는 그 허물까지 아름다워 보입니다."

박씨는 아닌 밤중에 번개라도 맞은 기분이었어. 이내 뜨거운 무언가가 목구멍을 타고 올라오며 목이 메어오는 걸 느꼈지. 여인들은 박씨를 박색의 허물에 갇힌 부족한 이가 아니라, 성실하고 사려 깊어 마음을 나누기 좋은 친구로 바라보았고, 박씨도 차츰 자신을 그러한 사람으로 여기게 되었어. 여인들도 박씨도 그저 온전한 한 사람으로 서로를 받아들일 따름이었으니까.

그날 이후로 박씨는 점점 자신의 생김새에 골몰하는 일이 줄었어. 여전히 이따금씩 소매에 얼굴을 묻고는 하였지만, 점차 얼굴을 묻는 일도, 개울에 비치는 자신의 모습을 보기 두려워 아른대는 물을 휘젓는 일도 사라졌어.

스스로에 대한 의심을 거둔 박씨는 마침내 피화당을 나와 마을로, 남편의 집으로 돌아가기로 결심했어. 여인들 또한 농번기를 맞이해 더 이상 산에 오를 일이 줄어들었기에 박씨가 적막한 산속이 아닌 마을로 돌아간다는 사실에 기뻐하였지. 박씨와 여인들은 훗날 다시 모일 것을 약속하며 마지막 인사를 나누었어.

집으로 돌아온 박씨를 마주한 남편과 집안사람들은 여전히 박씨를 하대하며 박씨에 대한 험담을 일삼았어. 그러나 박씨는 더 이상 이들의 구박에 신경 쓰지 않았지.

그날 밤 박씨는 꿈을 꾸었어. 박씨의 아버지가 꿈속에 나타나, 그에게 때가 다다랐음을 알렸어. 꿈에서 깨어난 박씨는 이부자리 곁에 흐트러진 허물을 발견했어. 벗겨진 허물을 방

한편에 모아둔 박씨는 이내 담담히 이부자리에서 일어나 옷매무새를 가다듬고 강가로 향했지.

박씨는 아침 햇살을 받아 유난히 밝게 빛나는 맑은 강물에 얼굴을 비추어보았어. 어제와 다름없는 얼굴이었지. 박씨는 이제 손을 내저어 물을 흐트러뜨리지 않았어. 다만 물가에 비친 자신의 얼굴을 바라보며 미소를 지을 뿐이었지.

집으로 돌아가는 박씨의 발걸음은 가벼웠어. 자신이 벗어야 할 허물이 무엇이었는지를 깨닫는 길은 결코 쉽지 않았지만 헛된 근심 없이 살아갈 앞으로의 나날을 그리는 것이 즐겁기만 했어.

한편 박씨가 강가로 나간 사이 박씨의 방을 지나던 시어머니가 열린 문 사이로 허물을 발견하고 집안사람들에게 그 소식을 알렸어. 피화당으로 몸을 피하기 전 박씨가 입버릇처럼 말하던 허물을 벗게 될 것이라는 이야기가 사실이라는 것에 놀란 집안사람들은 이내 아름답게 변한 박씨의 모습을 기대하며 그가 돌아오기만을 기다렸지. 박씨의 남편은 백옥같이 고운 피부에 새까만 눈과 작고 탐스러운 입술을 머릿속에 그리며 박씨가 돌아온다면 지난 과오는 잊고 참으로 어여쁘게 여겨줄 것을 다짐했어.

박씨전: 박씨가 벗은 마음의 허물

마침내 집으로 돌아온 박씨의 모습을 마주한 집안사람들은 어찌 된 일인지 영문을 모르겠다는 표정을 지었지. 박씨의 모습은 그들이 박색이라 조롱하던 예전과 다름없었기 때문이야.

"아니, 허물을 벗었다더니, 이전과 달라진 게 하나도 없지 않은가?"

집안사람들은 다 들리게 저들끼리 쑥덕거렸어.

"자네 그동안 산골짜기에 들어가 덕을 쌓는다고 설쳐대더니, 그럼 그렇지, 예나 지금이나 아무것도 쓸모없는 게로구면. 그 못난 얼굴이 그대로인데 허물을 벗은 게 맞기는 한 것인가?"

박씨의 남편은 크게 실망하여 박씨를 다그쳤어.

그러나 박씨는 조금도 움츠러들지 않은 채 답했지.

"진정 허물을 벗어야 할 것은 내가 아니라 당신들이었구려. 덕은 생김새로부터 나오는 것이 아니오. 내가 그동안 허물을 벗지 못하여 나 자신을 몰라본 죄는 있건만, 나의 생김새가 이렇다하여 당신들에게 고개 숙여야 할 이유는 추호도 없소."

사람들은 평소와 다른 박씨의 당찬 모습에 어안이 벙벙하여 더는 입을 열지 못했어.

한편 박씨는 자신이 허물을 벗은 일과, 여인들이 건넨 말처럼 껍데기는 중요한 게 아니었다는 깨달음을 담은 서신을 옆 마을 여인들에게 보냈어. 며칠의 시간이 지나 도착한 답신에는 박씨의 일을 축하한다는 말과 함께 이웃나라에서 쳐들어올 것이라는 흉흉한 소문이 돌고 있으니 몸조심하라는 당부의 말이 적혀 있었어.

여인들을 걱정하는 마음이 먼저 들던 찰나, 이웃나라의 군대가 마을 코앞까지 당도하였다는 급박한 소리가 울려 퍼졌어. 박씨는 속히 몸을 피해야 했지. 온 집안 식구들과 마을 사람들은 청천벽력 같은 소식에 우왕좌왕하기 바빴어. 이때 박씨는 문득 피화당을 떠올렸어. 인적이 드물어 세상의 화를 피하기에는 적격인 곳이었지. 박씨는 정신을 가다듬고 혼란에 빠진 마을 사람들을 모아 이끌고 피화당으로 향했어.

피화당에 안전히 몸을 숨긴 이들은 난리 통에서도 무사히 화를 피할 수 있었어. 처음에는 그곳이 어디인 줄 알고 따라 가느냐며 피화당에 가기를 거부했던 몇몇 사람들도 화를 피한 이후에는 박씨에게 고개를 숙여 고마움을 표하였어. 그리고 남편의 집안사람들과 마을 사람들 모두 박색이라며 박씨를 다그쳤던 지난 과오를 뉘우쳤지.

이웃나라의 군대가 물러갔다는 소식을 듣고 다시 마을로 내려온 사람들은 난리 통에 많은 옆 마을 사람들이 이웃나라에 붙잡혀 갔다는 소식을 들었어. 그렇게 끌려간 이들은 대부분 여인들이었으며, 박씨는 자신과 어울렸던 옆 마을 여인들도 잡혀갔다는 이야기를 전해 듣고 통탄해 마지못하였지. 이후 박씨는 굳건해진 성품과 지혜로 전란 후의 혼란을 잠재우고 집안을 화평하게 다스렸어. 그러면서도, 옆 마을 여인들과 훗날 다시 모이자고 한 약속을 잊지 못하여 종종 피화당을 찾아가 그리워하였지.

몇 년 후 이웃나라에 인질로 잡혀갔던 이들이 고향으로 돌아온다는 소식이 들려왔어. 박씨는 소식을 듣자마자 여인들을 찾으러 산을 넘어 옆 마을로 향하였지. 산길을 넘어가던 중 잠시 몸을 뉘러 피화당에 들른 박씨는 그곳에 모여 있는 여인들을 발견하고 깜짝 놀랐어. 이들의 사연을 들은 박씨는 여인들이 이웃나라에서 온갖 고초를 겪은 후 간신히 귀향했지만, 더럽혀졌다는 이유로 마을에서 쫓겨났다는 사실을 알게 되었지. 죄 없이 먼 타지로 끌려가 짐승보다 못한 대우를

받으며 갖은 고초를 겪고 고향으로 겨우 돌아왔으나, 고국의
사람들은 이들에게 정절을 잃었다며, 화냥년이라 손가락질
했어. 숱한 남편들은 더럽혀진 여편네를 집안에 들일 수 없다
며 혼인을 무르겠다 난리였고, 숱한 아내와 딸들은 수치를 느
끼며 스스로 목숨을 끊는 일이 허다했지. 박씨를 따뜻하게 감
싸주었던 여인들 역시 집에서 쫓거나, 마을 사람들의 손가락
질을 견디다 못해 이곳, 피화당에 몸을 숨기러 온 것이었어.

"함께 우리 마을로 갑시다."

박씨는 여인들이 슬퍼할까 애써 울음을 삼키며 이들에게
손을 내밀었어.

그러나 여인들은 선뜻 함께 가겠다고 대답하지 못하였지.

"사람들의 말대로, 저희는 더럽혀진 몸입니다. 이웃나라에
서 첩으로, 종으로 팔려갔다 돌아온 몸이란 말입니다."

이에 박씨는 고개를 크게 내저으며 답하였어.

"어느 누가 더럽혀졌단 말입니까? 그런 생각일랑 하지 마
십시오. 허물을 벗기 전 스스로를 부끄러이 여기던 제게 손을
내밀어준 것은 누구였습니까? 당신들이 그때 그 여인들과 무
엇이 다르단 말입니까? 전란이 있기 전이나, 후나 달라진 건
없습니다. 허물을 벗기 전에도, 후에도 제가 온전히 저인 것

과 다름없습니다. 잘못도 없이 모진 일을 겪은 것은 그대들 탓이 아니고, 그때나 지금이나 그대들은 매한가지로 그저 귀한 사람일 뿐입니다."

진심 어린 말로 여인들을 설득한 박씨는 이들의 손을 잡고 마을로 내려왔어. 그러나 박씨의 기대와는 달리 마을 사람들의 반응은 모질고 차가웠어. 차마 박씨 앞에서 소리 높이진 못하였으나 마을 사람들은 박씨와 함께 걷는 여인들을 보며 손가락질하며 수군대었고, 박씨와 여인들에게도 그 소리가 선명하게 들려왔지.

"아니, 오랑캐에게 더럽혀진 여자들을 어찌 우리 마을에 데려온 게야! 에구, 망측해라."

"저 여자들이 오랑캐 나라에서 무엇을 배워왔겠어. 분명 마을을 어지럽히고 말 게야. 우리 마을에 들여놓으면 절대 안 돼!"

박씨는 참담한 심정이었지만 피화당 밖으로 자신을 이끌어준 여인들의 손을 놓을 수 없었어. 이내 그는 용기를 내어 목소리에 가득 힘을 싣고 마을 사람들에게 일렀지.

"볼모로 잡혀간 여인들에게 대체 무슨 잘못이 있습니까? 자신들의 잘못도 아닌 이유로 전란을 겪어 말도 통하지 않는

타국에 끌려가 고생한 것만 해도 억울할 터인데, 마땅히 보상을 받는다 해도 시원치 않을 판에, 정절 따위를 잃었다고 멸시받는 것이 어찌 합당하다는 말입니까? 어리석은 자들이 일으킨 난에 휘말려 제 몸이 상하게 된 것을 두고 분을 품을 수 있는 자는 그대들이 아니라 이들 자신뿐이니 함부로 입을 놀리지 마시오!"

허물을 벗은 박씨의 참모습을 마주하며 큰 깨달음을 얻었던 박씨의 남편 또한 박씨를 거들었어.

"맞소이다. 우리가 부인을 두고 손가락질했던 부끄러운 과거를 다 잊어버리셨소? 우리들이야 부인을 따라 피화당에 몸을 숨겨 타국 병사들을 마주치지 않을 수 있었지만, 저 여인들은 미처 몸을 피할 새도 없이 붙잡히고 말았소. 간신히 고향으로 돌아온 이들에게 우리가 무슨 낯으로 손가락질을 하겠습니까? 하물며 우리는 얼마나 깨끗한 심신을 품고 살고 있습니까? 우리가 이들에게 정절을 들이밀며 다그치는 것은 있을 수 없는 일입니다."

마을 사람들 중 몇몇은 이 말을 듣고 고개를 끄덕였고, 그렇지 못하고 고개를 돌리는 이들도 있었어. 하지만 그 누구도 더 이상 여인들에게 손가락질을 할 순 없었지.

이후 여인들은 박씨 집안사람들의 따뜻한 지지를 받으며 마을에 자리를 잡고 그간의 아픈 기억을 지워나가기 시작했어. 결코 쉬이 잊히는 기억은 아니었지만, 악몽 같은 아픔이 떠오를 때면 곁에서 손잡아 줄 벗들이 있는 곳에서 이들은 새로이 삶을 시작할 수 있었어.

　박씨와 여인들의 이야기는 여러 입을 타고 나라 곳곳에 전해졌는데, 여인의 몸으로 온 마을 사람들을 지켜냈다는 믿기 힘든 사실은 박씨가 도술을 부려 쳐들어온 이웃나라 장수를 무찔렀다고 바뀌어 전해지기도 하는 등 소문이 무성하였지. 이 소문을 듣고 화를 피하고자 하나둘씩 모여든 여인들로 마을이 북적거렸어. 박씨와 여인들은 새롭게 찾아온 여인들을 온 마음으로 받아주었고, 여인들은 희망을 가지고 새로운 삶을 일구어냈어. 이후 박씨의 마을 사람들은 마을을 피화골이라 부르며 오순도순 서로를 보듬으며 세상의 풍파를 이겨내고 꿋꿋이 살았다고 전해지고 있지.

박씨전: 박씨가 벗은 마음의 허물

《박씨전》은 여타 한국 전래동화들에 비해 여성 주인공이 주체적으로 행동하는 면모가 강조된 작품이다. 원전을 찾아보면 능력이 출중했던 박씨는 청나라의 장수 용골대를 무찌를 뿐 아니라, 남편 이시백과 집안사람들의 타박에도 굴하지 않고 현명하게 행동하여 상황을 지혜롭게 풀어나가는 것을 발견할 수 있다. 가령 박씨는 자신의 박한 외모를 두고 남편의 집안사람들이 구박을 하자 오히려 잠을 많이 자고 게으른 모습을 보이거나, 밥을 매우 많이 먹는 대식가의 모습을 보이기도 한다. 이는 당시의 조선 사회가 제시하던 전형적인 여성의 행동거지에서 벗어난 모습이다.

그러나 현대에 오면서 박씨는 주체적이고 당당한 모습이 아닌 순종적인 모습으로 회자되고 재생산되는 경향이 있다. 우리가 손쉽게 찾아볼 수 있는 《박씨전》은 주로 못생긴 박씨가 종국에는 아름다운 외모로 탈바꿈한다는 내용에만 주목한 것이 많다. 이는 여성은 무릇 아름다워야 한다고 믿어왔던 사회의 모습을 반영한다. 이런 측면에서 우리는 박씨와 현대 사회를 살아가는 여성들 사이에 닮은 지점이 많다고 느꼈다. 지금의 여성들도 여전히 겉모습으로 쉽게 판단되고 평가된다. 여성은 인간이기 이전에 '여성'으로 인식되고, 여성에게는 너무나 쉽게 외모에 대한 품평이 뒤따른다. 혹자는 "시선은 권력"이라 하였다. 여전히 누가 누구를 바라보며 외적 평가를 하는지, 왜 여성은 예뻐야만 한다고 생각하는지 물음을 던지고 싶었다.

이와 더불어 주목하고자 했던 것은 여성들 사이의 연대이다. 모진 시집살이 중 박씨를 위로해준 시어머니와 박씨를 다시 세상 밖으로 이끌어준 여성들, 정절을 잃었다고 비난받는 '환향녀'들을 품은 박씨. '다시 쓴 박씨전 이야기'의 중심축은 여성들 사이의 우정과 연대이다. 가부장제 사회에서 여성들은 언제나 서로 돕는 존재가 아닌 서로 시기하고 배척하는 존재로 왜곡되어 그려져왔다. 그러나 여성들은 언제나 여성들과 연대해왔고, 서로에게 힘이 되어왔다. 우리의 이야기를 통해 여성들 곁에는 늘 여성이 존재함을, 그렇기 때문에 혼자가 아니라는 사실을 전하려 했다.

아 홉 번 째 이 야 기

반쪽이

반쪽이에게
업혀갈 뻔한 여인

《반쪽이》 줄거리

자식 없이 살아가던 부부가 아이를 낳게 해달라고 간절히 빌어 세 아들을 낳았다. 그런데 그중 셋째 아들은 눈도 귀도 팔도 다리도 한쪽밖에 없는 반쪽이였다. 반쪽이는 심성이 곱고 영리하며 힘이 장사였으나, 반쪽이의 형들은 그를 못마땅해 하였다. 삼 형제는 자라서 과거 시험을 보기 위해 길을 떠났는데, 밤중에 호랑이들이 나타나 형제들을 잡아먹으려고 하였다. 반쪽이는 호랑이들을 모두 잡아 형들을 구하고, 호랑이 가죽을 짊어지고 집으로 돌아온다. 그러자 호랑이 가죽을 탐낸 마을의 대감이 자신의 딸과 호랑이 가죽을 두고 내기를 제안한다. 반쪽이는 지혜를 발휘하여 대감의 딸을 몰래 업어간 후 그를 아내로 맞이하여 잘 산다.

'반쪽이 이야기'에 대해 들어본 적 있어? 눈도 하나, 팔도 하나, 다리도 하나뿐이지만 힘이 장사고 심성도 고울 뿐만 아니라 지혜로움까지 타고난 사내에 대한 이야기. 반쪽이가 자기가 가진 호랑이 가죽을 탐낸 대갓집 주인과 내기를 해서, 결국엔 그 집 딸을 아내로 받아내었다는 이야기 말이야.

이 반쪽이라는 사내는 태어난 과정도 범상치 않았대. 원래 반쪽이네 부모님은 오래도록 자식이 없었는데, 온 정성을 드려 기도를 한 후에야 자식을 얻었다고 해. 산신령이 나타나 잉어 세 마리를 먹으면 아들 셋을 낳을 수 있을 거라고 알려줬다나. 그래서 반쪽이네 아빠가 잉어 세 마리를 잡아다가 반쪽이네 엄마에게 먹으라고 구워다 줬는데, 한 마리 두 마리 먹다 보니 너무 배가 불러서 마지막 세 번째 잉어는 반쪽밖에 못 먹었대. 어쨌든 그 뒤로 반쪽이네 엄마는 첫째 아들을 낳고, 둘째 아들을 낳고, 셋째 아들을 낳았어. 이 셋째 아들이 바로 반쪽이야, 반쪽밖에 못 먹은 잉어 때문인지 반쪽으로 태어난 아이.

사실 반쪽이네 가족은 우리 동네에 살고 있었어. 그래서 반쪽이에 대한 소문도 많이 들려왔지. 우리 집에서 일하는 하인들이 마당을 쓸면서 쑥덕대는 얘기도 더러 듣고, 빨랫감을 털면서 소곤대는 얘기도 더러 들었어. 주로 반쪽이의 형들이 반쪽이를 어떻게 골탕 먹였나, 그런 이야기였어. 몸이 반쪽뿐이라는 이유로 못살게 굴었나 봐. 그런데도 반쪽이는 형들을 미워하지 않고 지극히 대한다고 칭찬이 자자했지.

하루는 정말 어마어마한 이야기를 들었어. 그 세 형제가 과거 시험을 치러 길을 떠났는데, 밤중에 잠시 어느 집에 묵게 되었대. 그런데 그 집이 사람으로 둔갑한 호랑이들이 사는 집이었다지 뭐야. 형들은 잡아먹힐까 봐 벌벌 떠는데, 반쪽이는 그 타고난 힘으로 호랑이들을 다 무찔렀대. 그리고 호랑이 가죽을 어깨에 한가득 지고 다시 마을로 돌아왔지. 나도 문틈으로 우리 집 앞을 지나는 반쪽이를 봤어. 어깨에 멘 호랑이 가죽이 얼마나 결이 좋고 아름다워 보이던지, 아마 값깨나 나갈 거야.

내가 보기에도 그 호랑이 가죽이 참 좋아 보였는데, 다른 사람들도 마찬가지였을 거야. 특히 우리 아버지처럼 욕심 많은 사람이라면 더욱 탐이 났겠지. 내가 좀 전에 호랑이 가죽을 탐낸 대갓집 주인이 반쪽이와 내기를 했다고 말했지? 그

게 바로 우리 아버지야. 그런데 두 사람이 어떤 내기를 걸었는지 알고 있니?

호랑이 가죽을 가지고 싶었던 아버지가 얼마를 주면 그 가죽을 팔겠냐고 물었더니 글쎄, 반쪽이가 댁의 따님을 주면 가죽을 내놓겠다고 했대. 그토록 심성이 곱다고 소문난 반쪽이가 얼굴도 모르는 여자를 내기의 대가로 요구하다니, 이럴 수가 있나. 착하다고 소문난 것도 순 헛소문이 아닐까 하는 생각이 들었어.

그런데 나를 더 슬프게 한 건 아버지가 그 제안을 수락했다는 거야. 아버지는 내 딸을 아무도 몰래 업어 간다면 반쪽이 너에게 색시로 주고, 못 업어 가면 호랑이 가죽을 달라고 했어. 그러니까 나랑 호랑이 가죽을 두고 내기를 한 거야.

나는 기가 차고 하늘이 노래지고 땅속으로 꺼질 것만 같았어. 호랑이 가죽이 탐이 나서 자기 딸을 내기로 거는 아버지라니, 너무나도 슬프고 서운했어. 졸지에 나는 말 한마디 나눠본 적도 없는 남자와 혼인할지도 모르는 상황에 부딪친 거야. 아버지는 반쪽이가 나를 데려가지 못하도록 하인들을 시켜 지킬 테니 걱정 말라고 했지만, 어떻게 걱정을 안 할 수가 있겠어? 더군다나 내가 물건처럼 주고받는 존재가 된 것만 같아서 이미 마음은 상할 대로 상해 있었는걸.

　결국 나는 이 상황에서 빠져나갈 방법을 궁리하기 시작했
어. 호랑이도 때려잡는 반쪽이가 하인들을 물리치지 못할 리
없으니까. 고민 끝에 반쪽이가 나를 데리러 오기 전에 내가
먼저 이 집을 떠나기로 했어. 그런데 아무도 모르게 이 집을
탈출하는 것도 여간 힘든 일이 아니야. 집 안의 하인들은 물
론이고 오빠들과 부모님까지 곳곳에 보초를 서 있으니, 나는
방 밖으로 나가는 것조차 힘들었어.

　다행히 반쪽이는 첫째 날이 지나도, 둘째 날이 지나도 나
타나지 않았어. 날이 밝자마자 아버지가 가서 물어보니 어머
니가 병이 나서 약을 지으러 다녀오느라 그랬대. 아버지는 그
말을 그대로 믿는 것 같았지만 나는 거짓이란 걸 알 수 있었
어. 이틀 동안 잠도 자지 않고 나를 지키느라 하인들과 가족
들은 모두 지쳐 있었어. 아마 시간이 더 지나면 모두 잠이 쏟
아져서 꾸벅꾸벅 졸기 시작하겠지. 반쪽이가 그때를 노리고
나를 데리러 올 거라는 생각이 들었어.

　그래서 나는 친하게 지내던 여자 하인들을 은밀히 모아다
가 몇 가지 부탁을 했어. 내가 반쪽이에게 잡혀가기 전에 이
집을 나갈 수 있도록 도와달라고 하니 하인들은 흔쾌히 돕겠

다고 했어.

먼저 아버지가 내 혼수로 준비해둔 패물을 몰래 가져다가 시장에 팔아 돈으로 바꿔 달라고 부탁했지. 그리고 하인 중 한 명이 가져다준 남자 옷을 입고, 그 위에는 다시 넓은 치마 저고리를 덧입은 후, 날이 어두워질 때까지 잠을 충분히 자 두었어. 그동안 하인들은 짚과 솜, 돌멩이들을 모아다가 천으로 감싸서 사람만 한 인형을 만들었어.

그날 밤, 살그머니 방문을 열고 내다보니 예상대로 그동안 쉬지 못한 하인들과 가족들이 잠을 이기지 못하고 꾸벅꾸벅 졸고 있는 게 보였어. 나는 재빨리 치마저고리를 벗고 패물과 바꿔온 엽전 꾸러미를 허리춤에 숨겼어. 벗어둔 옷은 아까 만들어놓은 인형에게 입히고, 마치 자는 것처럼 이불을 고이 덮어놓았지.

그렇게 살그머니 방문을 닫고 나와서 마당을 살금살금 가로질러 가는 순간, 눈이 마주치고 말았어. 훌쩍 담장을 뛰어넘어 우리 집으로 들어오는 반쪽이와 말이야.

"아씨를 데리러 오셨지요? 제가 도와드리겠습니다. 사실 아씨는 이 집을 무척 떠나고 싶어 하신답니다. 그래서 반쪽이가 오면 꼭 자기를 데려가게 해 달라고 저에게 부탁하셨지요."

심장이 쿵 떨어지는 것만 같았지만, 나는 오히려 반쪽이에게 다가가 그럴듯한 말을 속삭였어. 나는 이 집의 남자 하인과 똑같은 복장을 하고 있으니 내 얼굴을 한 번도 본 적이 없는 반쪽이가 나를 알아볼 리 없다고 판단했거든.

반쪽이는 내가 의심스럽다는 듯 못마땅한 표정을 지었어. 하지만 곧 어깨에 지고 있던 보따리를 내 앞에 풀었어. 커다란 보따리 안에는 온갖 물건들이 들어 있었어. 솥이며 바가지며 끈이며, 장구에 피리, 그리고 벼룩이 우글우글 들어 있는 주머니까지 한가득했어.

"안 그래도 할 일이 많았소. 일단 집 안에 켜놓은 등불들을 모두 끄고 내가 하는 일들을 좀 도와주시오."

나는 반쪽이의 말에 따라 켜놓은 등불들을 껐어. 반쪽이를 보니 열심히 하인들의 머리에 솥과 바가지를 씌우고 있더군. 내가 다가가자 반쪽이가 끈을 건네더니 저쪽에 있는 하인들의 상투끼리 묶어놓으라고 속삭였어. 서로의 등이나 어깨에 기대 잠든 하인들의 머리가 맞닿아 있어서 두 명씩 그 상투를 묶을 수 있었어.

그 사이 반쪽이는 어떤 하인의 입에다가는 피리를 슬쩍 물리고, 다른 하인의 몸에다가는 장구를 매 두었어. 어느새 반쪽이의 보따리가 바닥을 보이자, 나는 잽싸게 반쪽이를 내 방 앞으로 잡아끌어 문을 살짝 열었어. 문틈 사이로 이불을 덮고 있는 인형을 보여주며 얼른 아씨를 업어 가라고 재촉했지. 물론 반쪽이는 그게 인형인 줄은 꿈에도 몰랐겠지만 말이야.

"제가 이 벼룩들을 풀자마자 바로 대문을 열 테니, 사람들이 우왕좌왕하는 동안 아씨를 업어 가세요! 빨리요!"

나는 부러 수선을 떨면서 반쪽이를 재촉했어. 그러고 하인들의 주위에 벼룩을 흩뿌리고는 재빨리 대문으로 달려가 빗장을 풀었어. 그 사이에 반쪽이는 방문을 벌컥 열고는 그 안에 누워 있던 인형을 이불째로 둘러메고 뛰쳐나왔지. 내가 활짝 열어 놓은 대문을 나서며 반쪽이가 크게 소리쳤어.

"반쪽이가 따님을 업고 갑니다!"

때아닌 큰 소리에 꾸벅꾸벅 졸던 모든 집안사람들이 화들짝 놀라 깨어났어. 그런데 깨어난 하인들은 반쪽이를 볼 수도, 뒤쫓아 갈 수도 없었어. 등불이 모조리 꺼져 사방은 깜깜하고, 여기저기 튀어 다니며 물어대는 벼룩을 쫓기 바빴어. 머리에 솥과 바가지를 얹은 하인들은 비틀대다 그만 넘어지고, 서로 상투가 묶여 있는 하인들은 이거 놓으라며 옆 사람에게 역정을 냈어. 어떤 하인은 저도 모르게 어이쿠 소리를 지르려다 입안에 들어와 있는 피리 때문에 졸지에 높고 맑은 피리 소리를 냈고, 다른 하인은 화들짝 놀라 뛰쳐나가려다 몸에 매어져 있는 장구 때문에 신명 나는 장구 소리를 냈지.

사람들이 정신없이 우왕좌왕하는 틈에 나도 얼른 대문 밖으로 빠져나왔어. 이게 무슨 소란이냐며 부모님과 오빠들이 경악하는 목소리도 들려오기 시작했기에 나는 서둘러 집을 떠나야 했어. 저 멀리 빠른 속도로 멀어지는 반쪽이가 보였어.

'어디로 가지?'

알 수 없었어. 무작정 집을 나온 거니까. 그래도 이 마을에서 최대한 멀리 가야 한다는 것만은 확실했어. 그래서 나는 반쪽이가 사라진 반대 방향으로 정신없이 달리기 시작했어.

자고 있던 이 대감댁 딸을 이불째 보쌈한 반쪽이도 정신없이 골목을 달렸어. 이 대감 부부와 그 집 하인들이 쫓아와 아씨를 낚아채려 하기 전에 집 안으로 들어가야 했기 때문이지. 그래도 대감댁 아씨와 혼인할 수 있다는 사실에 반쪽이는 입이 귀에 걸렸어. 어느새 반쪽이가 집에 도착하자, 기다리고 있던 가족들이 버선발로 뛰쳐나오며 맞이했어.

반쪽이는 싱글벙글 웃으며 어깨에 둘러메고 있던 아씨를

가족들 앞에 내려놓았지. 그런데 아씨의 상태가 영 이상하지 뭐야. 이불을 헤치고 얼굴을 드러내기는커녕 미동도 없이 자리에 누워 있었으니. 반쪽이가 떨리는 손길로 여며 있던 이불을 젖히자 옹기종기 모여 있던 가족들은 모두 헛숨을 들이켰어. 사람이 아니라 사람만 한 인형이 들어 있었기 때문이지.

반쪽이의 아버지도 몹시 당황했어.

"아니, 반쪽아, 신붓감을 데려오겠다더니 인형을 데려왔구나. 사람이 아니라 인형을 며느리로 들이게 생겼어."

형들 역시 넋이 나간 눈치였지.

"이게 대체 어찌 된 일이냐? 사람이 아닌 인형을 아내로 맞이할 셈이냐?"

"인형이… 사람 대신 인형이 들어 있어…."

세 남자가 어찌할 바를 모르고 망연히 서 있는 동안 반쪽이의 어머니가 인형의 이곳저곳을 살펴보았어. 그러다 인형이 입고 있던 저고리 사이로 무언가가 삐져나와 있는 것을 보고는 희끄무레한 그것을 잡아당겼어.

"서신이 들어 있구나. 그 대감이 쓴 것일까? 일부러 딸을 다른 곳에 숨기고 반쪽이 너를 속인 것이 아니냐?"

서신을 건네받은 반쪽이는 허겁지겁 종이를 펼쳤지. 인형으로 자신을 속인 이 대감이 노엽기 그지없었으니까. 그러나 서신에 적혀 있는 내용은 이 대감의 것이 아니었어.

"말 한마디 나눠본 적도 없는 남자에게 팔려가듯 혼인하는 것은 싫소이다. 반쪽이 당신은 심술궂은 형들을 깍듯이 모실 정도로 착한 사람이라고 들었소. 그런 당신이, 어째서 혼인할 사람을 정할 때는 그토록 무감하게 구시오? 나는 호랑이 가죽의 대가로 가질 수 있는 물건이 아니오. 아무 말 못 하는 인형을 업어 가듯 데려갈 수 있는 존재가 아니란 말이오. 나는 이제 떠납니다. 아버지의 집에도, 당신의 집에도 나는 머물지 않을 것이오."

그 내용은 다름 아닌 이 대감의 딸이 써놓은 거였지. 반쪽이와 그 가족들은 날이 밝아올 때까지 허탈하게 앉아 인형과 서신을 멍하니 쳐다볼 수밖에 없었어.

허름한 하인 복장을 한 소년은 산을 넘고, 강물을 건너고, 들판을 지났어. 길을 가는 중간중간 근처를 지나는 나그네들과 합류하기도 했어. 사실 소년이 아닌 소녀였지만, 남성의 댕기를 매고 남자 옷을 입었으니, 나그네들은 그를 남자인 줄로만 알았지. 그도 그럴 것이 여자들은 집 밖으로 나갈 수 없

으니 길을 다니는 사람이라면 전부 남자로 볼 수밖에.

참으로 신기한 것은 소녀가 만나는 나그네마다 반쪽이 이야기를 한다는 것이었어. 발 없는 말이 천 리 간다더니, 벌써 소문이 옆 마을이며 그 옆 옆 마을까지 나그네들의 입을 타고 퍼진 모양이지.

"아니 글쎄, 저기 어느 마을에 반쪽이라는 사내가 어디가 좀 잘못되었는지 인형을 데려다가 신부로 삼았다지요?"

"나도 그 소문을 들었소이다. 그 청년이 그렇게나 똑똑하고 힘이 좋아 언제는 호랑이를 다섯이나 잡았다고 하오. 그런데 무슨 일이 있었는지 인형을 등에 업고는 '나 장가가오' 하고 소리 지르며 다녔다지 뭐요?"

"내가 그 마을에 다녀왔잖소. 평소에 부모님과 형님들에게도 그렇게 깍듯할 수가 없었다고 하오. 그런 사내가 어쩌다 그리되었을까? 들기론 그 마을 대감하고 일이 있었다던데 내가 보니 그 대감도 넋이 반쯤은 나간 채로 집 앞을 서성이더이다."

소문의 당사자인 소녀는 나그네들이 쑥덕대는 소리를 들으며 그저 속으로 웃음을 삼킬 뿐이었지.

여전히 목적지를 정하지 못한 소녀는 하룻밤을 묵기 위해

주막에 들어섰어. 남은 자리 하나를 받은 소녀가 방문을 열자 그 안에는 먼저 온 사람의 짐이 펼쳐져 있었어. 어지럽게 펼쳐진 짐 보따리 속에서 소녀의 눈길을 끈 것은 다름 아닌 책이었어. 족히 수십 편은 되어 보이는 책들이 짐 사이에 쌓여 있었지. 그때 방문이 열리며 앳되어 보이는 소년이 방 안으로 들어왔어.

"안녕! 네가 오늘 이 방에 묵기로 한 애구나? 난 성복이야, 열일곱 살이고! 너는?"

스스럼없이 건네는 인사에 소녀는 머뭇댔어. 이름을 가르쳐주는 소년과 달리 섣불리 자신을 밝힐 수가 없었기 때문이지. 남자인 척하고 있는 소녀였기에 누가 들어도 여자 이름이라 생각할 만한 자신의 이름을 밝힌다는 게 마음에 걸렸어.

"난 열여덟. 근데 넌 어디에서 왔어? 이 책들은 다 뭐야?"

나이만 밝힌 소녀는 재빨리 화제를 바꿨어. 말을 들어보니 소년은 책방 집 아들인데, 여러 나라를 돌아다니며 재미있는 책들을 모아다가 파는 일을 한다고 했어.

"이번엔 불라국에서 책들을 가져오는 길이야. 이 이야기책들은 모두 불라국에서 만들어진 것들이지. 그 나라는 좀 특이하더라. 거긴 왕이 여자야! 바리대왕이라고 하던가. 거기선 여자들도 관직에 오르고, 어떤 거리를 가든지 여자들이 쓰개치마도 안 쓰고 막 나다녀. 신기하지? 그리고 여자들도 학당에 간대."

"여자들도 학당에 갈 수 있다고?"

소녀의 눈이 번쩍 뜨였어. 바리대왕이 통치한다는 불라국은 갈 길을 정하지 못하던 소녀의 마음을 단숨에 사로잡았어. 평생 집 안에 갇혀 있을 줄로만 알았는데, 불라국에 가면 자유로이 살아갈 수 있겠다는 생각에 가슴이 두근거렸지.

"나도 거기 한번 가보고 싶다. 어떻게 갈 수 있어?"

"불라국? 여기서 조금만 걸어가면 선착장이 나오는 거 알고 있지? 거기서 배를 타고 사흘쯤 가면 나오는 나라야."

소녀는 불라국뿐만 아니라 불라국에서 가져왔다는 책에도 호기심이 동했어. 그동안 그 누구도 이야기책에는 별다른 관심을 보이지 않았던 탓인지 소년은 신이 나서 이것저것을 꺼내 들어 소녀에게 보여주었지. 그날 밤 소녀는 밤새도록 호롱불을 켜놓고 책들을 읽었어. 읽은 후에는 자신의 감상을 소년에게 들려주었고, 소년은 신이 나서 또 다른 책을, 그리고 또 다른 책을 꺼내주었지.

아침이 밝자 소녀는 아쉬운 마음으로 책들을 정리했어. 간

단히 아침 식사를 마치고 다시 짐을 꾸려 주막을 나설 채비를 했지. 소년은 며칠 더 주막에 머물 예정이라며 떠나는 소녀를 배웅했어.

"잘 가, 형! 나중에 또 만나면 다른 책들도 보여줄게."

"그래. 너도 잘 지내."

짤막한 작별 인사를 건네고 대문을 나서던 소녀는 문득 멈추어 서더니 뒤를 돌아보며 말했어.

"내 이름, 이연이야."

"응?"

"어제 말 안 해줬잖아. 나는 이연이야."

자신의 이름을 밝힌 연이 빙긋 웃고는 문밖으로 사라졌어. 얼마나 걸었을까, 주막의 대문이 점점 멀어질 때쯤 소년의 목소리가 들려왔지.

"잘 가, 연이 언니! 사실 내 이름은 별단이야! 성복이가 아니라!"

연이 깜짝 놀라 다시 뒤를 돌았어. 상상하지도 못했던 외침에 자신을 별단이라고 밝힌 소년, 아니 소녀의 얼굴을 멍하니 쳐다볼 수밖에 없었지. 별단이는 후련하다는 듯 싱글벙글 웃고 있을 뿐이었어. 연은 자신처럼 정체를 숨긴 채 살아가는 여자아이들이 있다는 사실을 그제야 알았지.

"야, 너 그걸 그렇게 크게 말하면 어떡해!"

별단이는 언제부터 자신이 여자라는 사실을 알아채고 있었던 걸까, 궁금했지만 달리 물을 시간조차 없었어. 다만 이름을 크게 외친 별단이에게 걱정의 말만 건넬 뿐이었지. 그러나 연의 입꼬리도 어느새 슬금슬금 올라가고 있었어.

"들을 테면 들으라지!"

별단이는 크게 웃었어. 골목을 울리는 웃음소리에 연도 덩달아 하하하, 웃으며 다시 앞을 향해 달려갔어.

"우리 책방에 꼭 놀러 와, 꼭 와!"

뛰어가는 연의 등 뒤로 쩌렁쩌렁한 별단이의 목소리가 들려왔지. 별단이가 일러주었던 책방의 이름을 곱씹으며 연은 쉬지 않고 달렸어. 저 멀리 이웃 나라 불라국으로 향하는 배가 둥실 떠 있는 선착장이 보였어.

'반쪽이' 이야기는 오늘날에도 어린이를 위한 동화책으로 다시 쓰이고 있다. 대부분의 동화책에서는 반쪽이가 신부를 데려온 뒤 '반쪽밖에 없는 자신의 모습 그대로' 행복하게 사는 결말로 끝난다. 이때 전달되는 교훈은 몸이 반쪽이어도, 즉 남들과는 다른 모습을 지닌 사람이어도 자신만의 장점이 있고, 얼마든지 남들과 다른 모습 그대로 행복하게 살아갈 수 있다는 것이다.

그러나 반쪽이가 내기에서 이기는 대가로 얻게 되는 여자는 그 어디에서도 주목의 대상이 아니다. 오늘날의 동화책을 살펴보더라도 여자가 어떤 사람인지, 호랑이 가죽과 교환되는 일종의 물건처럼 취급된 여자의 심정이 어땠을지는 딱히 다뤄지고 있지 않다. 아예 드러나지 않거나, 그나마 '대감의 딸도 반쪽이를 마음에 들어 했어요'라는 식으로 한 줄 끼워 넣을 뿐이다. 이야기의 주체는 어디까지나 반쪽이이기 때문일 것이다.

이러한 이야기의 구조 속에서 그것을 읽는 독자들은 과연 여성에 대하여 어떤 가치관을 형성하게 될까? 여성이 자연스럽게 물물교환의 대가가 되는 것은 비판해야 한다. 따라서 이 이야기에서는 반쪽이에게 업혀 간 여인을 주인공으로 설정하여 기존의 이야기를 비틀어보고자 했다. 또한 자신의 모습을 숨긴 채 다녀야만 했던 연과 별단이가 서로를 알아보고 후련하게 웃음 짓는 장면을 통해 연대의 가능성을 표현하고자 했다.

바리데기

스스로 왕이 된
바리데기

《바리데기》줄거리

불라국의 오귀대왕은 부인이 딸만 일곱을 낳자 분노하여 막내 공주를 버리라고 명한다. 옥함에 담겨 버려진 바리데기를 바리공덕 할멈과 할아범이 발견하여 키운다. 바리데기가 성장할 무렵 바리데기의 부모는 약수를 먹어야만 낫는 병에 걸린다. 여섯 공주 모두 약수를 찾으러 가는 것을 거부하자 부모는 바리데기를 찾아낸다. 부모와 상봉한 바리데기는 약수를 찾기 위해 길을 떠나고, 여행 끝에 약수를 지키는 무장승을 만난다. 바리데기는 약수의 대가로 3년간 물을 긷고, 3년간 나무를 하고, 3년간 불을 땐 후 무장승과 혼인하여 아들 일곱을 낳아준다. 약수를 가지고 돌아간 바리데기는 부모를 살리고 무조신이 된다.

나는 버려진 자식이오. 우리 아버지는 한 나라의 왕이었고, 우리 어머니는 왕비였소. 그런데도 나는 버려졌소. 우리 어머니가 딸만 여섯을 줄줄 낳다가, 이번엔 제발 아들이길 바라며 낳은 일곱째 자식이 바로 나요. 나는 딸이라는 이유로 버려졌소. 아버지가 일곱째 자식도 딸이라니 더는 참을 수 없다며 그냥 내다 버리라 명했다 하오. 대도 못 이을 딸, 왕위도 넘겨줄 수 없는 딸이 무슨 소용이냐며 갓 태어난 아기를 강물에 띄워 보냈소. 버리는 자식이라 하여 바리데기라 이름 짓고, 이름과 태어난 날만 겨우 적어 옥함에 넣어 보냈소.

나는 강물을 타고 흐르다 먼바다에까지 이르게 되었소. 그러다 조그마한 섬마을의 바닷가에 닿게 되었고, 때마침 고기잡이하러 나온 바리공덕 할멈과 할아범에게 발견되었소. 할멈과 할아범은 비록 가난했지만 천애고아인 나를 지극정성으로 키워주셨소.

내가 살던 마을에는 나처럼 버려진 아이들이 더러 있었소. 대부분은 여자아이였소. 나는 그 아이들과 친하게 지내며 이따금 바리공덕 할멈과 할아범이 내게 가르쳐주었던 것들을 아이들에게도 가르쳐주었소. 글자를 읽고 쓰는 법이라든지, 시간과 절기를 알아채는 법, 시장에서 사용하는 엽전들의 단위 같은 것들이었소. 때로는 동네 어귀에 있는 학당으로 몰려가 담장 너머로 흘러나오는 소리를 엿듣기도 했소. 나를 비롯한 여자아이들은 학당에 갈 수도, 무언가를 배울 수도 없었기에 그저 담 너머에서 귀동냥으로 가르침을 얻을 수밖에 없었소.

좀 더 자라고 난 뒤에는 할멈과 할아범이 잡아온 물고기들을 시장에 내다 파는 일을 도왔소. 매일 시장에 나가면서 나는 차츰 세상 물정에 대해 알게 되었소. 어떤 물건들이 육지에서 들어오는지, 또 어떤 물건들이 귀한 값에 팔려 나가는지를 깨우치게 되자 나는 조금 더 많은 돈을 벌고 싶어졌소. 겨우 입에 풀칠이나 하고 사는 바리공덕 할멈과 할아범에게도 좋은 집과 좋은 옷을 사주고 싶어졌고, 여전히 동네를 떠도는 버려진 아이들에게도 잘 곳과 먹을 것을 주고 싶었소.

그래서 나는 배를 타고 육지로 나갔소. 우리 섬마을에서만 난다는 약초를 가득 품에 안고서 말이오. 육지에 있는 마을의 시장은 우리 섬마을의 시장과는 비교할 수 없을 정도로 컸소. 나는 이 마을 저 마을을 돌며 내가 가져온 약초와 신기해 보이는 물건들을 맞바꾸었소.

바쁘게 이곳저곳을 돌아다니던 와중에도 참 이상했던 건, 육지의 여러 마을에서도 부모 없이 길거리를 떠도는 여자아이들이 더러 있었다는 것이오. 그 아이들을 보며 상인으로 반드시 성공해야겠다고 굳게 다짐했소. 그렇게 내가 육지에서 들여오는 가지각색의 값진 물건들은 마을 사람들의 이목을 끌었소. 나는 점차 부유한 상인이 되어갔고, 바리상단이라는 이름을 내걸기에 이르렀소.

상인으로 성공한 내가 제일 먼저 한 것은 다름 아닌 학당을 세우는 일이었소. 갈 곳 없이 버려져 마을을 떠도는 아이들을 불러 모아 학당 안에서 먹고, 자고, 배울 수 있도록 만들었소. 몇몇 마을 사람들은 갈 곳 없는 떠돌이들을, 그것도 여자아이들을 거둬서 무엇 하느냐고 불편한 기색을 보였지만 나는 상관하지 않았소.

그때까지만 해도 나는 내 부모님이 나를 버린 이유에 대해 알 길이 없었소. 다만 얼마나 사정이 어려웠으면 자식을 바다로 보냈을까, 어지간히도 가난하여 나를 키울 수조차 없었나 보다 하며 짐작할 뿐이었소. 그러나 어느 날 갑자기 도성으로부터 신하가 찾아와 나를 붙잡았을 때, 나는 모든 것을 알게 되었다오. 부모님이 어떤 이들인지, 어떤 이유로 나를 버렸는지를 말이오.

나를 찾아온 신하는 바리데기라는 이름과 함께 태어난 일시가 적혀 있는 옷고름을 보여주며 내가 이 나라의 일곱째 공주라는 사실을 밝혔소. 처음엔 그 말을 믿을 수 없었소. 나의 부모가 너무나도 가난하여 도저히 자식을 키울 방도가 없었던 자들이 아니라, 한 나라의 왕과 왕비였다니. 그러한 사람들이 어째서 갓 태어난 자식을 버릴 수가 있단 말이오?

그러나 바리공덕 할멈과 할아범은 신하의 말이 맞다며 그 증표를 내게 보여주었소. 내가 담겨 있던 옥함에서 나온 것이라 지금껏 간직하고 있었다는 증표는 바로 내 이름과 태어난 일시가 적혀 있는 옷고름이었소. 신하가 가져온 옷고름과 똑같은 증표를 멍하니 들여다보고 있으니, 별안간 신하가 몸을 굽히며 납작 엎드렸소.

신하는 왕과 왕비가 심각한 병이 들었는데 그들을 살릴 자는 나뿐이라며 머리를 조아렸소. 어째서 병을 고칠 자가 나밖에 없느냐고 물으니, 병은 깊어만 가는데 그 어떤 의사도 수를 쓰지 못하던 차에 왕이 신비한 꿈을 꾸었다고 대답했소. 꿈에 신령님이 나타나 그 병은 저기 저승 나라인 서천서역국에서 나는 약수를 마셔야만 나을 수 있는데, 그곳에 갈 수 있는 사람은 하늘이 점지한 바리데기라고 가르쳐주었다는 것이 아니겠소.

그 말을 다 들은 나는 참을 수 없이 원통해졌소. 나를 버린 부모가 이제서야 살기 위해 나를 찾는다는 사실에 슬픔과 원망이 차올랐다오. 그러나 더욱 궁금한 것은 바로 나를 버린 이유였소. 울음을 애써 참으며 그렇다면 왕과 왕비가 어째서 갓난아기를 옥함에 담아버렸는지를 신하에게 물었지요.

그렇소, 내가 딸이었기 때문이오. 딸이었기 때문에, 왕위를 이을 수 없다 하여 내쳐진 것이었소. 나는 펑펑 울었소. 울며불며 소리를 지르고 신하를 쫓아냈소. 고작 내가 딸이라는 이유로 나를 내친 부모를 이해할 수 없었소. 그렇게 버린 나를, 자신들이 죽게 생기자 부랴부랴 찾아낸 것이 너무나 원망스러웠소.

그제야 나는 모든 것에 의문이 들기 시작했소. 내가 딸이기 때문에 버려진 이유, 여자가 왕위를 이을 수 없는 이유, 그리고 부모에게서 버려져 길을 떠도는 여자아이들이 그토록 많은 이유에 대해서 말이오.

쫓아냈던 신하가 끝이 아니었소. 내가 돌려보낸 것에 굴하지 않고 다음번에는 더 많은 궁궐의 사람들이 찾아와 내게 매

달렸소. 점점 더 많은 사람들이 온갖 금은보화와 함께 찾아와 왕께서는 그 어떤 것이든 원하는 대로 줄 수 있으니 제발 도 와달라며 애걸했소.

그들이 가져온 금은보화를 보자 나는 조금 마음이 움직였 소. 저 비싼 보물들을 팔아 돈으로 바꾸면 더 많은 아이를 먹 이고 가르칠 학당을 지을 수 있었소. 내가 거느리는 바리상단 만으로는 턱없이 부족했으니 말이오. 그러나 고작 이런 대가 만으로 서천서역국이라는 머나먼 곳까지 떠날 수는 없었소. 나는 온 나라에 떠돌고 있을 여자아이들을 전부 다 거둬 먹 이고 싶었기 때문이오. 고민 끝에 나는 신하들과 함께 수도로 올라가 직접 왕과 왕비를 대면하기로 했소.

몇 날 며칠을 말을 타고 달려 도착한 궁궐에서 마주한 나 의 부모는 자리에서 일어나지도 못할 정도로 병세가 심각했 소. 그들은 그저 눈물만 떨어뜨리며 만약 약수를 구해온다면 그 어떤 것이든 원하는 대로 들어주겠다 약속했소. 내가 원하 는 것이 무엇인 줄 알고 덜컥 그런 약속을 하는 것인지, 나는 한 치의 망설임도 없이 다음 왕위를 달라고 대답했소.

"왕이 되지 못한다는 이유로 나를 버렸으니, 내가 직접 왕 이 되어주겠소."

서천서역국으로 가는 길은 쉽지 않았소. 그도 그럴 것이 저승에 있는 서천서역국을 가본 사람이 어디에 있겠소? 그곳으로 가려면 신선들이 머문다는 천태산 꼭대기에 올라가야만 통하는 길을 찾아낼 수 있다고 들었소. 이승의 사람들이 천태산 꼭대기에 오르는 것은 불가능했다오.

하지만 나는 일찍이 장사하면서 전국 방방곡곡을 두루 돌아다니며 안 들어본 이야기가 없었다오. 당연히 천태산 입구에 세상만사는 물론이고 신선 세계의 이치까지 모두 아는 마고할미가 산다는 것도 들어보았소. 그래서 나는 서천서역국으로 가는 길을 알려줄 이를 만나기 위해 저 높이 솟아 있는 천태산으로 향하기 시작했소.

그런데 산을 끼고 도는 개울가에 웬 꼬부랑 할머니가 산더미처럼 쌓여 있는 빨래 더미 사이에 앉아 있는 게 아니겠소? 그래서 물었지요.

"이 천태산에 세상만사를 다 안다는 마고할미가 산다는데, 그게 누군지 아시오?"

꼬부랑 할머니는 지친 얼굴로 나를 돌아보더니 퉁명스럽게 대답했소.

"그게 나요. 내가 마고할미요. 뭐 하러 나를 찾아왔소?"

참 이상했소. 신선 세계의 일까지 속속들이 알고 있다는 마고할미가 왜 여기서 저런 빨래 더미에 묻혀 있을까? 사람들 말로는 마고할미는 산속 깊숙한 곳에 은둔하며 수련을 하느라 찾아내기 힘들 것이라 하였는데 말이오. 여하튼간 서천 서역국으로 가는 방법을 아느냐고 물었지요.

"이승 사람이 서천서역국에 가서 무얼 하려고 가는 길을 물으시오? 정 알고 싶으면 날 좀 도와주소."

그러더니만 이루 셀 수도 없이 쌓여 있는 빨래 더미들을 가리키며 이것들을 몽땅 다 빨아 오라고 하는 것이었소. 거뭇거뭇한 때가 잔뜩 묻은 빨래들을 어느 세월에 다 희게 만들라는 것인지 알 수 없었소.

"저 빨래를 할멈 혼자 다 해야 하는 것이오? 그동안 혼자서 저 옷들을 다 빨아왔단 말입니까?"

"그럼, 내가 하지, 누가 하나?"

"저 옷들을 입는 주인이 누구요? 할멈 아들들 아니오? 남편 아니오?"

"그자들이 빨래할 줄이나 아나. 내가 다 하는 거지."

나는 그동안 쉴 새 없이 혼자서 빨래를 해왔을 마고할미가 안타까웠소. 빨래만 했겠소? 밥도 차리고, 청소도 하고, 옷감도 짜서 지어 입히고…. 얼마나 도와줄 이가 없었으면 지나가던 나그네에게 빨래를 해달라고 하겠소? 그래서 나는 마고할미를 도와주기로 했소.

나는 바리상단을 이끌며 꽤 많은 돈을 벌었지요. 한달음에 다시 산 밑으로 내려가 사람들을 끌어들이기 시작했소. 마침 산 밑의 마을은 추수를 마치고 사람들이 할 일이 없었다오. 저 산에 조금만 올라가면 일거리가 있다고 구슬려서 사람들을 이만큼 데리고 마고할미에게 돌아갔소. 사람이 몇 명이오, 수십 명이 다 함께 달려드니 산적한 빨래가 금방 끝나버렸소. 사람들에게 일당을 챙겨준 후 돌려보내니 마고할미가 감격에 겨운 얼굴로 내게 고맙다며 서천서역국에 대해 알려주었소.

"이 천태산 꼭대기에 오르면 작은 못이 있다오. 그곳에 뛰어들면 서천서역국의 샘터로 통하게 된다오. 하지만 이승 사람이 맨몸으로 꼭대기에 오르는 것은 불가능하지. 내가 몇 가지를 챙겨줄 테니 잠시 기다리시오."

그러더니 마고할미는 낙화 세 송이를 건네줬소. 길이 막힐 때마다 꽃잎을 흩뿌리면 일이 잘 풀릴 거라면서 말이오.

그러나 나는 쉽사리 발길을 돌릴 수 없었소. 나의 도움으로 잠시 마고할미의 일이 사라졌다 한들, 시간이 지나면 마고할미는 또다시 빨랫감에 파묻힐 것이 뻔했기 때문이오. 그래서 나는 말했지요.

"할멈, 세상 모든 것을 다 알고 있다는 마고할미가 대체 왜 여기서 빨래만 하고 있소? 할멈도 자기 인생을 살아야 하지 않겠소? 나랑 함께 가서 그 지식 좀 다른 사람들에게 나눠주시오. 내가 세운 학당에 가르칠 아이들이 한가득 있소."

그러고는 내가 약수를 구해 돌아오는 길에 꼭 다시 들를 테니 기다려 달라고 부탁했소. 마고할미는 퍽 감동한 눈치였소. 여행을 잘 마치고 여력이 된다면 한번 돌아와보라고 답해주더오. 그렇게 나는 다시 길을 떠났소.

신선들이 산다는 천태산답게 정상으로 오르는 길은 평범한 산과는 달랐소. 이쯤이면 산 중턱 즈음 왔다, 했더니 글쎄 웬 널따란 강이 펼쳐지는 것이 아니겠소? 깊이를 알 수 없고 넓이도 알 수 없는 강을 어찌 건너야 하나 고민하던 차에 낙화 한 송이를 꺼내 들어 꽃잎을 손에 쥐고 강물 위로 흩뿌렸소. 그러자 물속에서 나룻배 한 척이 솟아 나오더니 내 앞으로 둥실 떠올랐소. 나는 얼른 배 위에 올라타 노를 저으며 강을 건너기 시작했다오.

얼마쯤 갔을까, 강물이 점점 거세어지더니 배는 이내 미끄러지듯 물살을 타고 앞으로 나아가기 시작했소. 그러다 물속에서 허우적대는 수없이 많은 사람의 비명소리가 들려오기 시작했소. 그렇소, 그곳은 바로 억울하게 죽임을 당한 여인들의 혼이 갇혀 비명을 내지르는 강이었소.

여인들은 제각각 자신의 억울한 사정을 한탄하며 울부짖고 있었소. 말대꾸한다고 남편에게 매 맞아 죽은 여인, 바람이 났다고 모함당해 집에서 쫓겨나 굶어 죽은 여인, 딸이라는 이유로 태어나자마자 버림당해 거리를 떠돌다 죽은 여인….

나는 그들의 괴로움을 그냥 두고 볼 수 없었소. 그래서 다시 품속에서 낙화 한 송이를 꺼내 꽃잎을 흩뿌렸지요. 그러자 강물 속에서 울부짖던 여인들의 울음소리가 잠잠해지더니 수많은 여인의 혼이 반딧불이처럼 떠올랐소. 강물 위를 수놓은 아름다운 빛의 무리를 지나서 나는 어느덧 강 건너편에 도착했다오.

나룻배에서 내려 땅을 밟자 다시 가파른 산길이 펼쳐졌소. 한 걸음 한 걸음 가다 보니 저 위로 산꼭대기 봉우리가 눈에 보였소. 이제 조금만 더 오르면 정상에 오르겠다 싶은 순간 산길은 온데간데없고 이번엔 하얀 설원이 펼쳐지더군. 새파란 강물을 지나왔더니 새하얀 눈밭이라, 나는 추위에 오들오들 떨면서 마지막 남은 낙화 한 송이를 꺼내 들었소.

붉은 꽃잎을 하얀 눈 위로 흩뿌리니 눈 속에서 커다란 말 한 마리가 솟아올랐소. 내가 말 위로 훌쩍 뛰어올라 자리를 잡으니 튼튼한 말은 이내 빠른 속도로 설원을 질주하기 시작했소. 하얀 눈길이 미끄럽지도 않은지 말은 넘어지지도 않고 쉼 없이 달렸소. 찬바람을 뚫고 달린 지 얼마나 되었을까, 문득 정신을 차려보니 눈밭은 저 뒤에 있고 말은 숲속 산길을 터벅터벅 오르고 있더이다. 지쳐 보이는 말을 잠깐 멈춰 세우고 내려서 저기 앞에 보이는 시냇가에 데려가 목을 축이게 하였지요. 꿀떡꿀떡 물을 삼키던 말은 갈기를 한 번 털더니 눈 깜짝할 새에 사라져버렸소.

나는 다시 산길을 오르기 시작했소. 이제 정말로 산꼭대기 봉우리가 눈앞에 보였소. 조금만 더, 조금만 더 가면 꼭대기에 있다는 못을 발견할 수 있을 것 같았소. 마침내 정상을 향해 한 발을 내딛는 순간, 아 이번에는 온 천지사방이 깜깜해지는 것이 아니겠소? 갑자기 해도 달도 사라져버린 듯 사방팔방이 암흑뿐이었소. 이걸 어찌해야 하나, 나는 이미 낙화 세 송이를 모두 써버려 이젠 할 수 있는 것도 없었소.

그런데 그때 내 주변으로 반딧불이들이 모여들기 시작했소. 그렇소, 바로 강물을 건널 때 내가 위로해주었던 여인들의 혼이 나를 찾아왔던 것이었소. 그들은 줄을 지어 빛을 내며 내가 가야 할 길을 안내해주고 있었소. 나는 여인들의 빛을 따라 어둠 속을 한 발짝씩 걸어 나갔소. 빛의 행렬이 끝나는 곳까지 발을 내딛는 순간, 나는 풍덩 하고 물속에 빠졌소.

어떤 물이었냐고? 아마도 서천서역국의 샘으로 통한다는 그 못에 빠진 것이었겠지요. 그러니 내가 지금 당신에게 이 이야기를 들려주고 있는 것이 아니겠소?

"그랬구려. 어찌 산 사람이 약수가 솟아나는 샘터에서 솟아났나 했더니, 그런 기나긴 사연이 있었구려."

무장승이 바리데기를 애틋하게 바라보며 말했어. 서천서역국의 약수를 지키는 임무를 맡고 있던 무장승은 오랜 시간을 혼자 지내느라 매우 외롭던 참이었지. 그 지루하고 지루한 시간을 뚫고 별안간 바리데기가 샘물에서 퐁당 솟아오른 것이 아니겠어.

약수를 찾으러 왔다는 바리데기에게 무장승은 약수에 대한 값을 요구했지. 아무렴 자신이 지키는 소중한 샘물을 아무에게나 거저 줄 수는 없는 일이었으니까. 그러나 바리데기가 가진 것은 자신의 몸뚱이 하나뿐이었어. 챙겨온 돈은 마고할미의 빨래를 도울 사람들을 데려오느라 다 써버렸고, 받아온 낙화 세 송이는 막힌 길을 뚫느라 다 써버렸으니.

하지만 바리데기는 포기하지 않았어. 무장승의 옆에 털썩 주저앉고는 허심탄회하게 자신의 이야기를 풀어놓기 시작했지. 셀 수도 없이 오랜 날들을 혼자서 보낸 무장승은 바리데기의 이야기에 빠져들 수밖에 없었어. 그는 자리에서 일어나 물병을 꺼내 들고는 약수를 퍼 담으며 말했지.

"재미있는 이야기를 들려주어 고맙소. 당신이 여태껏 살아온 이야기를 들으니 당신에게 약수를 꼭 주고 싶어졌소. 가시오. 약수는 얼마든지 내줄 테니 가는 길에 마고할미도 데려가고, 왕위도 잇고, 아이들을 위한 학당도 마음껏 지으시오. 억울하게 죽는 여인들이 없게 만드시오. 또한… 여자들이 버려지지 않는 나라를 만드시오."

바리대왕이 오귀대왕의 뒤를 이어 불라국을 통치한 지도 어느덧 십수 년. 그동안 불라국에는 많은 변화가 있었어. 먼저 전국 방방곡곡에 학당이 지어졌지. 여자아이건 남자아이

건 상관없이 학당에 가서 공부할 수 있게 된 것은 물론이고, 세상을 떠도는 버려진 여자아이들 역시 학당에 머물며 꿈을 키울 수 있게 되었어.

마고할미는 모든 학당을 아우르는 대학당의 스승이 되어 수많은 제자를 가르쳤어. 그중에는 불라국 아이들뿐만 아니라 이웃 나라에서 흘러온 아이들도 더러 있었지. 외지인이 불라국의 대학당에 진학하여 공부하는 것은 흔한 일이 아니었지만, 바리대왕은 가능성이 있는 아이라면 여자든 남자든, 불라국 사람이든 이웃 나라 사람이든 가리지 않고 뜻을 펼치라 명했어.

외지인 중에서도 가장 먼저 학당에 발을 들인 아이는 다름 아닌 연이었어. 여인들이 자유로이 살아갈 수 있는 나라가 존재한다는 사실을 알자마자 배를 타고 불라국으로 향했던 소녀는 어느덧 마고할미의 제자가 돼 있었지. 연은 자신이 아버지의 집에서 겪은 일들을 잊을 수 없었어. 여전히 함부로 집 밖으로 나서지 못하는 삶을 살아가고 있을 고국의 수많은 여인들도, 뒤늦게 자신의 이름을 밝혔던 별단이 역시도 잊은 적이 없었지.

그래서 연은 글을 쓰기 시작했어. 연은 자신이 어느 작은 주막에서 읽었던 불라국의 옛이야기처럼 여인들이 새로운 세상을 꿈꿀 수 있는 이야기를 만들고 싶었어. 그 책이 불라국에서 이웃 나라로, 자신의 고국으로, 그리고 더 머나먼 나라에까지 전해지기를 바라는 마음으로 연은 밤새워 이야기책을 엮어냈지.

마침내 책이 세상에 나오자 연의 책은 불라국 곳곳에 퍼지고 퍼졌어. 그러나 연이 가장 바랐던 것은 고국으로 자신의 책이 흘러가는 것이었어. 연은 결국 직접 자신의 책을 들고 무역선에 올랐어. 불라국 주변의 나라들을 하나하나 거쳐 가던 무역선은 어김없이 연의 고국에 도착했지. 그렇게 연은 몇 년 전 불라국으로 향하는 배를 타기 위해 발 디뎠던 바로 그 선착장에 책과 함께 돌아오게 된 거지.

그리고 연이 찾아간 곳은 바로 별단이의 책방이었어. 바리대왕이 통치하는 불라국의 이야기를 처음 전해주었던 별단이에게, 불라국에서 엮은 새로운 이야기를 다시 전해주기 위해서였지. 연은 혹시라도 잊을세라 종이에 적어두었던 별단이의 마을 지리를 떠올리며 며칠을 내리 걸었어. 이윽고 도착한 작은 마을의 작은 책방에서는 낯익은 얼굴의 여인이 책 꾸러미를 분주히 정리하고 있는 모습이 보였지. 몇 년 전에는 연도, 별단이도 소년인 척 거리를 다녔지만, 이제는 두 사람 모두 자신을 가리지 않은 채였어.

원전 속 바리데기는 딸이라는 이유로 자신이 버려진 것에 대해 화를 내지도, 슬퍼하지도 않고 부모님을 살리기 위해 길을 떠난다. 여러 난관을 뚫고 목적지에 도달했을 때에는 약수를 지키는 무장승의 요구를 모두 들어주기도 한다. 물을 삼 년 길어주고, 불을 삼 년 때어주는 등 무장승이 시키는 궂은일을 다 해낸다. 그뿐만이 아니다. 자신과 결혼해서 아들 일곱을 낳아달라는 무장승의 요구 또한 들어주게 된다. 여자라는 이유로 자신을 버렸던 부모님을 살리기 위해 몇십 년간 가사노동을 하고, 출산하고, 육아에 종사한 것이다.

《바리데기》 원전 이야기에는 당시 여성들의 고단한 삶이 녹아 있다. 그래서 새로 쓰는 이야기에서는 바리데기가 여성이라는 이유로 감내하는 '조건 없는 희생'을 없애보고자 시도하였다. 그리고 여성이기 때문에 버려졌던 자신의 운명을 스스로 변화시키는 바리데기를 그려보았다. 결과적으로는 이러한 바리데기의 변화가 연과 별단이라는 다른 여성 인물들의 변화로 이어지게 되었다.

세상에는 다양한 페미니즘과 이야기가 존재한다

"주인의 도구로는 결코 주인의 집을 무너뜨릴 수 없다."
–오드리 로드

처음 이 프로젝트가 세상에 나온 계기는 거창한 목적에서 비롯된 것이 아니었다. 우리 사회에 만연한 성차별과 가부장제에 지쳐 있던 찰나, 옛날이야기 속 남성중심주의를 꼬집으며 작은 통쾌함이나마 느끼고 싶었다. 가부장제를 비판하고자 한 우리의 이야기는 두 가지 방식으로 구현되었다. 한 가지는 여성 인물들이 주체적으로 행동하거나 권력을 쟁취하는 방식이다. 왕이 되거나 장원급제하는 여성 인물을 그림으로써, 현실 사회에서 남성적 권력에 의해 온갖 차별에 직면하는 이들에게 힘을 실어주고 싶었다. 또 다른 방식은 질타받아 마땅한 행동을 한 남성 인물을 처벌하는 것이다. 이를 통해 가부장제의 폭력을 당연하지 않은 것으로 만들고 싶었다.

그러나 우리가 써 내려간 이야기를 수차례 검토하며 맞닥뜨린 한계점들은 우리의 서사가 진정 뿌리 깊은 차별의 문제를 해소할 수 있을지에 대한 의문을 가져왔다. 우리는 기존의 전래동화와는 다른 주체적인 여성상을 구현하고 싶었다. 그러나 어째서 우리가 구현한 주체적 여성은 하나같이 '성공한' 인물이었을까? 우리의 이야기 속 여성들은 대부분 고을의 수령이나 왕처럼 사회적 지위가 높은 신분으로 거듭나야 했다. 신분 상승이라는 결과가 곧 이들의 주체성을 증명하거나, 또는 주체적인 모습을 발휘하는 토대가 될 수 있을 것이라고 생각했기 때문이다. 이러한 결론에 이르게 된 까닭은 어쩌면 어린 시절부터 무한 경쟁의 시대 속에서 자라왔던 우리들의 성장 배경에 자리하고 있는지도 모른다. 높은 사회적 지위나 부를 가지는 것만이 성공이고, 성공하기 위해 끊임없이 경쟁해야 한다는 사고에 익숙해진 우리는 단순히 '성공하는 인간'의 범주에 여성을 끼워 넣기만 하면 될 것이라 생각했고, 권력을 쟁취하는 것이 곧 모든 문제에 대한 해답이 될 것이라고 믿었던 것이다.

　더불어 잘못된 남성 인물을 벌주는 것도 하나의 해소 방안으로 그려냈지만, 과연 그것이 마땅한, 혹은 유일한 해결책일지에 대해서는 반드시 고찰이 필요하다. 여성이 권력을 쟁취하고 부조리한 인물을 징벌하는 서사는 언뜻 보면 차별적 구조를 타파하지만, 결국 타인보다 높은 지위에 있는 사람이 권력을 휘두르는 것이 가능한 기존의 남성 중심적 권력구조를 그대로 답습하는 것에 불과하다. 즉, 우리는 기존의 성차별주의를 풍자하고 비판하는 것을 넘어서, 부조리한 사회구조를 대체하는 새로운 사회를 상상하는 것에는 이르지 못하였던 것이다.

세상에는 다양한 생각을 가진 페미니스트가 존재하는 만큼 다양한 종류의 페미니즘이 존재한다. 그렇기 때문에 여성주의적으로 해석한 전래동화도 어떤 시각을 가진 사람이 썼는지에 따라 다채로운 이야기가 담길 수 있다. 그 다양한 서사의 하나로 권력을 쟁취하는 여성, 자신이 원하는 사회적 성공을 이루는 여성, 그 성취를 기반으로 불합리한 현실을 바로잡는 여성을 구현한 우리의 이야기는 분명 의미 있는 것이지만, 전래동화를 여성주의적으로 재창조하는 수많은 갈래 중 하나일 뿐, 대안적이라 할 수도 모범적이라 여길 수도 없다. 앞으로 우리가 나아가고자 하는 방향은 단순히 여성이 그동안 남성의 전유물이었던 권력을 탈환하는 것이 아니라, 이분법적 성의 구분을 넘어서, 인간과 인간으로서의 소통과 연대의 가치를 느낄 수 있는 사회를 구현하는 것이다. 진정으로 대안적인 형태의 이야기를 제시하기 위해 우리는 함께 고민하기를 멈추지 않을 것이다. 이 글을 읽는 여러분 또한 우리의 이야기를 발판으로 삼아 차별과 불평등으로부터 자유로운 세상을 만들기 위한 상상력을 펼쳐볼 수 있기를 바란다.

선녀는 참지 않았다

초판 1쇄 발행 2019년 5월 25일 초판 5쇄 발행 2023년 5월 29일

지은이 구오(다은, 애린, 유진, 현지)
그린이 여름밤
펴낸이 이승현

출판1 본부장 한수미
와이즈 팀장 장보라
책임편집 선세영
디자인 신나은

펴낸곳 (주)위즈덤하우스
출판등록 2000년 5월 23일 제13-1071호
주소 서울특별시 마포구 양화로 19 합정오피스빌딩 17층
전화 02) 2179-5600 홈페이지 www.wisdomhouse.co.kr

ⓒ구오, 2019

ISBN 979-11-90065-76-4 03810